花漾奶奶
熟旅行
──── 70歲還是要拉起行李箱！────

花漾奶奶熟旅行

——70歲還是要拉起行李箱！

金原姬　著

朴鎮榮　繪／林季妤　譯

三民書局

年屆 *70* 歲，
遊歷各地並成為作家的奇蹟！

活出精彩第三人生

「堂堂七十又如何」——本書一開頭就如此寫道。

對於同樣年屆七十，但還有很多事情想做的我來說，深有同感。我藉由時尚老人的身分在社群媒體上推廣「鍛鍊三力、享受五感」，且設立目標要在八十歲時單車環島；本書作者則是藉由遊歷世界來完成自己年輕時的夢想，並透過文字記錄一趟趟的旅程，儼然是熟齡自在生活的典範。

因為還保有好奇心，想審視自己所存在的這個世界，所以作者踏上旅程。高齡者要進行海外自由行，旅行前的未雨綢繆必不可少，除了書內列舉的用品清單，我相信體力的鍛鍊也在準備的一環。旅

行期間，遇見形形色色的人、所產生的交流則是社會力。作者在一趟趟的旅程中，不斷地訓練自己的三力──腦力、體力、社會力，也藉由旅程中的所見所聞，來拓展自己的五感，盡情地去感受這世界。

　　無論你正處於哪個年齡，看完花漾奶奶的故事，相信都會有不同的啟發與感動。老後生活是人生中最能隨心所欲的精彩篇章！

時尚老人　**林經甫**

目　次

第二章
老阿姨也能自得其樂

第三章

漸漸變老真是件不錯的事呀

後　記

第一章

拄起拐杖還嫌太早，
拖上一只行李吧！

堂堂七十又如何

　　我不會開車，不會游泳，甚至連腳踏車也不會騎。拿腳踏車來說，年輕時我曾嘗試著騎了好幾回，在總是摔得人仰馬翻、膝蓋上也留下深深的傷口之後，我才不得不夾著尾巴，低頭認栽。運動細胞那麼不發達的我，卻在去年學起了腳踏車，還在這把年紀學會了呢。雖然是四輪腳踏車啦。話說，即使騎的是四輪車，倒也不是剛起步就完全不會摔跤。無論如何，年輕時做不到的事情，居然在上年紀之後學成了。

　　在韓國，認定正式邁入老年的年齡是六十五歲。彷彿意味著，我們在大韓民國長年以來任勞任怨，認真過活，因此從這時開始，毋需工作也能獲得相應的年金和各種優待，讓我們閒享清福。年老後能做些什麼？對我而言，老年與其說是區分什麼事做得來、或做不來的年齡分水嶺，我的心和我的意志，

似乎才是這個時期的關鍵。

　　我一直夢想著能出國走走，來一趟自由行。但無論在金錢或是時間上，現實都不曾對我寬宏以待。年輕時，我只能將旅行的夢想珍藏在心底，當年紀漸長，時間上漸有餘暇，夢想才得以成真。此後，我踏遍了二十幾個國家和眾多城市，自在遊歷各方。

　　不管年歲多大，無論是否步入老年，都別輕易認定人生已經落幕。只要一朝尚未作古，生命就還未終結。未來還有更悲傷、更寂寞、更孤獨、更須咬牙堅持、更加苦痛的時間會持續下去，我要擁抱這一切，將我力所能及之事不斷實現。因此，我拋下拐杖，拉上行李，啟程出發。

縱使年老體邁，

　　歸去之前也要盡情走跳！

　　但凡上了年紀，出遠門也好、離家也罷，只要想嘗試一些新鮮事，人們似乎往往認為，年邁的身軀就必須為了餘生戒慎節制。然而，若索性當作時日無多、餘途短暫，哪怕年老力衰也要盡情走跳一回，這麼一想，就能遇見截然不同的世界。

　　一位名為胡達·克魯斯❶的老奶奶，曾以九十一歲高齡攻頂富士山。就常識而言雖是叫人吃驚的事蹟，但也說明了並非不可能。金亨錫❷博士直到高齡過百，仍持續出版書籍、演說不輟，成為許多人的表率。

----

❶ Hulda Crooks，美國人，在六十五歲至九十歲之間攀登近百岳，於一九八七年以九十一歲高齡登頂富士山。

❷ 김형석，韓國散文家、哲學家，一九二〇年生，時任韓國延世大學名譽教授。

雖然可以藉口推託「都這把年紀了，還能做什麼」，但也正因為一把年紀，更能輕鬆無壓力地挑戰新的事物。年輕時無法隨心所欲，要養家餬口，會在意他人目光，但此刻的我，已經活到了國家認證「即使不工作，也沒人能對我指指點點」的年齡囉。

　　同齡的朋友們總說我的體力了得，似乎看到我這把年紀還能搭乘長途飛機，在陌生的地方徒步走上一整天，就認為我的體能過於常人。但會這麼說的人，大部分都早早就把營養品吃好吃滿。基本的維他命和紅蔘不說，三不五時就嚷著困頓乏力，每到春天就得吃補品；一聽說哪兒有什麼東西對身體好，就要特別去找當季時令的食物來吃。越是這樣注重養生的人，反而越常聽到他們細數著近來如何痿軟無力。有些時候，這種語言其實是種暗示，向對方無言地表示：「我已經上年紀啦，現在我什麼也做不了，只能多休息，你要多照顧我。」嚴重一些的，看上去就像在任性要賴。

　　當然，每個人都有不同程度上的個體差異，有人生下來就是體力過人，也有些人天生體質特別虛

弱。但即使如此，也不能保證生來體質強壯的人，必然會比天生體虛的人活得更長久。

我們無法阻止衰老，困頓疲乏更是個無形的敵人，在我們活著的每個瞬間都必須時刻克服。若抱持這個觀點，長壽絕對不是種福分。

那麼，不妨持續去進行嶄新的嘗試，去激發、喚醒我們不斷委靡拖沓的軀體與感性，如何？

要是成了遺骨餘灰，
運費也不過小意思

　　在我離開法國尼斯的錫米耶街區，走向尼斯城的途中，望見一位身材嬌小的東方老奶奶，身前身後都背負著行囊，快步走著與我擦身而過。我的好奇心油然而生，於是開口向她搭話道：「安妞哈誰唷（您好）？」不知是否明白了我的問候，她停下腳步，轉過身來，說道：「哇搭系、逆轟晉（我是日本人）。」她看上去大概年屆七十，行色簡樸憔悴，似乎已經旅行很長時間了。

　　我問道：「六扣得斯嘎（您來旅行嗎）？」她肯定地答覆，說昨天剛從巴塞隆納來到這裡，已經獨自旅行兩個月了。當我問起下一站打算去哪裡，她表示自己也不知道，還要再考慮考慮。「喜偷哩得斯嘎（您一個人嗎）？」她說是。聞言，我知道雖然有些失禮，還是禁不住好奇問了對方的年紀。她說自

己已經七十五歲了。

　　當時的我六十三歲，和朋友兩人結伴同行，而那位日本老奶奶則是七十五歲了、卻仍獨自上路。那份從容、自在和勇氣，究竟從何而來呢？

　　我驀然陷入沉思，思索起人們思考方式的差異。「這把年紀不好好待在家裡，為什麼這樣四處趴趴走？要是路上出了什麼事，又該怎麼辦才好？」或許有人會這麼說吧。但對於老年人的旅行，曾野綾子❸是這麼看待的。

　　「年輕的時候，我們會擔心萬一在旅途中意外死亡的話，還有放心不下的另一半、雙親、孩子該怎麼辦？所以不得不思及死亡之事。可是，現在已快走到生命的盡頭了，還在擔心、害怕什麼呢？當然，我們怕的已不是死亡，而是死亡之前的狀態。我們害怕萬一在旅途中，身體已惡化到全然動彈不得，或痛苦萬分的話，怎麼辦呢？

　　其實死在哪裡都一樣，並非死在故鄉才是最好

❸ その あやこ，日本女性作家，著有許多人生哲理相關書籍。

的死法。更何況地球還是圓的呢！印度教徒的葬禮儀式是火葬後，將骨灰撒入河裡，這樣死者才能回歸到生養不息的大地。

　　有人會擔心死在國外，得多花錢。以當前現況來看，只要預先做好準備，事情就簡單許多。其實隨身攜帶親筆的火葬承諾書即可，無論旅遊到哪一個國家，都能做好骨灰善後，而且骨灰的運費也不貴呀！航空公司會以極便宜的運費，將裝成小箱、小罐的骨灰運回國。」

——《戒老錄：拯救自己》

曾野綾子，正文書局

　　讀完這篇文章的我不禁眼前一亮。親筆簽署的火葬承諾書是不可或缺的。七十歲的我依舊渴望旅行，且很快又將啟程出發。既然凡事無法預料，一味蝸居家中未免太過可惜；又，既然凡事難以預期，事事未雨綢繆才是上策！

What's in my bag!

年輕的時候，要出發旅行的前一晚還會加班到最後一刻，在抵達轉運站之後，洗個臉、沖個涼、吃個便飯，就能馬上搭早班的飛機或船班輕裝出發。但現在的我已經不年輕啦。所以，出發旅行時，一定要記得準備一些東西。

1. 首先！去醫院做一次營養諮詢，或好好接受狹窄症、腰椎症狀、退化性關節炎、血壓問題等病症的治療，並請醫生多開立幾天的處方藥。

2. 這還不夠充分！為了以防萬一，記得走一趟藥局，購入個人必備的消炎藥和營養補充品。

3. 如果是長達一個月的旅程，別忘了帶上染髮劑。當然，出發前也要造訪美容院，好好燙個頭、染個髮。

4. 那麼多年以來，我們的口味就是習慣了泡菜湯、大醬湯，若整整一個月都吃西式餐點肯定不容易，所以也需要多帶幾條管狀的辣椒醬。

5. 我可信不過我那不太靈光的記憶力，護照也總要取出來反覆確認好幾回。因此需要一個牢靠的小袋子，方便隨時確認護照的存在。

6. 在異國他鄉也會需要隨時問候家人近況。話雖如此，身在海外畢竟不方便老是打電話，所以要提前打聽好能夠便宜通話的方法，請子女協助提前做好準備。

7. 對了對了！還有關節藥、痠痛貼布、熱敷用品，以及……。

旅行之所以美好的真正理由

「我覺得希臘不怎麼樣。聖托里尼、米克諾斯之類的地方也沒什麼特別。畢竟我們家每天都看得到大海，大概就是因為這樣，那些地方我都沒感覺。」

一位住在釜山影島的朋友是這麼說的。若換作年輕人，恐怕想法就截然不同了，他們會立刻起身出發。年輕朋友更常提及的，是希臘這個單字隱約透露出的深厚底蘊，是潔白房舍和湛藍屋頂，是愛琴海的碧藍大海等精彩之處，和我們七十歲老人家著重的焦點著實不同。

不僅僅是「海外自由行」這個帥氣的詞彙所帶來的豐富多彩，此刻的我，正一個人獨自展開這樣高難度的活動，我來到了名為希臘的國家，當下身臨此境，這個行動本身更令我感到心滿意足。

我並未因年歲漸長感到氣餒畏縮，反而能如年

輕人一般做到這些事，擁有這樣積極的心態、勇氣與自信，更是因年長才能獲得的獨特之處，其本身已別具意義。

殷切的時間

　　上了年紀去旅行，也許並不是為了探訪我所未知的天地；相反地，是為了審視我所生活的世界以及我曾經歷的時間，才啟程出發也說不定。

　　每當旅程結束回到家中，打開門的那一刻，那股家的味道和家人的氣息由鼻尖沁入，往往讓我感到安心而舒適。臨行前，我總渴望能擺脫這陳舊積鬱的氣味，但也會在旅行中的某一刻，開始逐漸想念那味道。聞到那氣味的瞬間，讓人感覺終於回到自己安身立命的所在，無比心安。我的家就在那兒、一如往常。當我看見擺放在我臥室和客廳裡的電視，播映出還沒來得及看完的電視劇，就倍感幸福，一思及我能在這份舒適之中安度剩餘的時光，更讓人心滿意足。

　　上了年紀才去旅行，或許是為了領悟現在還不是永遠離開這世界的時候、為了確認屬於我的當下，

也說不定。

老年人的時光，似乎就是這麼一回事。

上了歲數，再獨自制定計畫、前往陌生的國度，橫衝直撞地體驗不一樣的世界，似乎更能讓人切實體悟過往的時間。這使我重新醒悟，曾經那般枯燥、疲憊、煩悶的時光和位置，正是我所擁有的、於我而言最安心的一切，也讓我能用全新的心情對待家人、對待鄰居、對待職場，更謙虛也更踏實地度過晚年時光。或許正因為老了，才能有這份領悟吧。

累了，就出發吧，走一遭再回來看看。你將能感受到自己的容身之處、自己最安定的位置所在何方。如果走一趟回來，你依舊無法感到舒適心安，那麼，或許現在你所處的位置並不屬於你，也未可知。

欣賞百樣人

在國外看人也饒富樂趣,這世上真是各形各色的人都有。在那著名的艾菲爾鐵塔前,首先映入我眼簾的不是艾菲爾鐵塔本身,而是在那前方相互擁抱、親吻的同齡老夫婦,還有露出整個香肩還嫌不夠,好似連乳頭都要露出一般、衣著驚險香豔的年輕女子;在露天咖啡廳裡看見一位正在品茶的老爺爺,我便會試著估量那位老人家的年齡是不是比我還長;前去觀看衛兵交接儀式時,比起儀式過程,我看見的是年輕衛兵的勞累,心中不禁思忖:我的兒子在當兵站哨的時候,也是這麼辛苦吧;而當望見韓國年輕旅客們明朗愉悅的模樣,我也會旋即想起在崗位上辛勤工作的女兒。

在蘇格蘭旅遊的時候,我們有一位市內觀光行程的導遊。導遊介紹自己是一位武打動作演員,年紀則難以辨別。他認真地帶領旅客們四處走動,解

說介紹，無奈因為他那一口蘇格蘭口音的英文，我能聽懂的單字實在寥寥無幾。這麼一來，比起他的說明，他身上的其他方面反倒引人關注，不只是他的動作，他的衣著更吸引了我的目光。每當他抬起手臂，我就能望見衣袖的腋下已經破了洞，甚至洞還不小。我不禁心下惻隱，感嘆這位導遊真是位勤懇度日的人。他結婚了嗎？還是未婚？今天共有五位遊客，這兩個鐘頭的工作，他能夠掙到多少錢？今天下午他是否還要趕赴其他工作？與導覽行程全然無關，我推測起他的人生。老人家就是這樣，有著凡事都著眼於現實面的傾向，是否吃飽、穿暖、睡好，因為自身就是在這樣的基準上生活過來的，才會如此吧。

我就這般陷入思索。慨嘆無論身處何方，在這個世界謀生計、討生活，都是相當不容易。對這從前早已親身體悟、萬古不變的真理，我又不禁再次領首。

認真地將下榻處清掃了一回

　　在某個旅遊論壇中，我看見一篇要將自己的「工作室 (studio)」出租數日的文章。張貼者是個住在法國亞維農的學生，巧的是我也正要前去該地旅遊。「工作室」一詞讓我想起了照相館，在照相館裡頭要怎麼過夜？出於好奇，我寫下留言，詢問他工作室是什麼。張貼者回覆，只要當成是個人居住的套房就可以了，由於自己會離開幾天，所以才想租給在這期間需要住宿的人。那是我第一次聽聞「工作室」這個概念，在此之前，我主要都是下榻飯店，至多也就住過民宿而已。住在將自己私人住宅單獨出租的房間，是我從未有過的住宿經驗，因此我很想體驗看看在別人家裡住上一宿的感覺，便向對方預約了。

　　那名學生獨自生活的家，說是位在一條有著冰淇淋店的小巷之中，一幢四樓的房子。雖然我很順

利地找到了附近，但周圍房舍都太過相似，著實分不清是哪一戶。無計可施之下，我只好在街上不顧羞恥地放聲高喊那位學生的名字。一喊完，只見一處窗戶敞開，一名女學生從中探出頭來，說道「在這裡～」。

因為沒有電梯，我跟著學生從螺旋式的臺階走了上去，對我而言，那樓梯實在太狹窄也太陡峭了。好不容易拖著行李上了樓，打開門的瞬間！我沉默了。雖然地點位於舊城區中心，去哪都很方便，但作為老人家下榻的住處，著實有點難堪。房子格局和我女兒在首爾住的單人套房相去無幾，只是更狹小老舊。

屋主是學畫的學生，離開家遠赴此地來唸書，大概不是什麼富裕家庭送來留學的學生。平時加減打打零工，偶爾不在家的時候，也會這樣接受房客來充當生活費。想到這裡，我心中也有些發悶，不斷想起自己的女兒。她將屋子租借給我三天，收費也並不高。在這三天裡，我像是在打掃自宅一般，將屋子角角落落清掃個遍，更仔細地清洗了流理臺。

在即將退房離開的最後一天，學生也回來了。
我拉著行李要往車站去，學生說要送我一程，也一
起出了門。走了一陣，我將一張小額鈔票塞進學生
手心，學生慌忙擺手，我則手裡使勁阻止了她。那
真的只是小小零頭而已。硬是將錢塞給了她之後，
我反而感到難為情，這點小錢還不如不給呢。那只
是任何一位母親，都會想多關照孩子的小小心意罷
了。

賺到一天！

　　這是待在匈牙利布達佩斯飯店的最後一天。為了準備返國，我將托運行李和登機要攜帶的物品區分開來，嫻熟地收拾著行李。退房時間是早上十一點，為了不超時，我們勤快地打包好行李並前往飯店櫃檯。朋友將房卡歸還，但櫃檯職員的神色卻好似有哪裡不對勁。朋友用自詡熟練的英文和職員溝通了一陣之後，猛然轉過身喚著我，問道：「我們待了幾晚呀？」

　　一時間，啊！

　　職員說是「Tomorrow」。在朋友再次翻看訂房資料的時候，職員再次強調："Tomorrow." 明天……？我們這才打開手機日曆確認日期，弄清了情況，我們張口結舌，起初連笑也笑不出來。原先待在櫃檯裡的年輕老闆察覺這荒謬的烏龍事件，一邊笑著，一邊趕緊替我們再次將行囊搬到電梯前，

用像是對幼稚園兒童說話般的手勢，上上下下擺著手，示意我們上樓。我們再度上樓回到房間，這才捧腹大笑不止。萬一櫃檯沒有反覆確認，只道房客有急事需提前一天離開，直接幫著辦了退房，我們恐怕要到了機場才會發覺，那事態可就倍感尷尬了。

昨天晚上，我們明明才對照著電子機票安排好行程，因為想提前三個小時、從容地抵達機場，所以要在三小時三十分鐘前，在飯店叫好計程車，一切都考慮得妥妥當當。誰知光顧著看時間，卻沒確認日期。

面對這啼笑皆非的情況，我倆連眼淚都笑了出來，彷彿用衝擊療法刺激了老化的細胞，賦予年輕的活力。仔細想想，隨著年歲漸長，似乎更需要這種新鮮的體驗，讓鮮少使用的大腦和後頸好好活動一番，看在這點的份上，我決定把此狀況當作一種另類的「按摩」。兩個老人，再次閒散地補足睡眠，愉快地接受這不可抗拒的突發事件，心道「多賺一天」，好好享受了當下。

幸虧是提前了一天，要是晚了一天，那可就笑

不出來了。此外，若換作年輕人，或許會暗地裡相互推卸責任，讓彼此都感到心煩，但老人家便懂得互相安慰，因為我們都能承認，自己的判斷力、爆發力皆已變得遲緩。

「那也沒辦法嘛！」

既能理直氣壯地武裝起自身的無知，也曉得厚著臉皮接受現況，縱使是對方的失誤，也擁有一笑置之的智慧。畢竟我們都曉得，萬一發生口角而分離兩地，在一個陌生的國度孑然一身，會有多麼孤單難耐。上了年紀，就會害怕孤身一人。年輕時，或許會懷念獨自、孤獨、沉思等帥氣的詞彙，但一到老年，便會懂得這些字詞有多麼可怕。

Book & Reservation

　　小時候，在學校裡學到的英文單字「Book」，對我來說就是指「書」而已，「預約」則無條件必須是「Reservation」，學習不透徹的孩子也都是這樣學的吧。然而，在大部分的飯店網站上，無論我再怎麼查看，Reservation 一字卻總是遍尋不著。徬徨了好幾天，我最終只能隨意點開網頁逐一瀏覽，稀里糊塗點下 Book，見到預約的頁面赫然出現在眼前的時候，那份空虛感簡直是……。

　　不是啊，預約就是 Reservation，大家不都是這樣學的嗎？

　　「Book，預約。」

　　這非凡的單字，是在我非凡的六十歲那一年，才學到的。

多虧了韓流風潮

1

在俄羅斯一處小飯店前臺，有位職員對韓文很感興趣。

早上她一見到我就打起招呼，彷彿等候許久了似的：" 편안히 주무셨습니까? ❹ （您睡得好嗎？）"

這年紀輕輕的小姑娘，是從哪兒學到這般正式恭謹的韓語呀？我心中又驚又喜，高興地回應了她。當我在大廳內，從淨水器中盛接熱水、沖泡咖啡的時候，她也帶著奇異的腔調和發音親切地關照我：" 왼쪽이 뜨거운 물입니다. 물이 뜨겁습니다. 조심하십시오. （左邊是熱水，水很燙，請務必小心。）"

---

❹ 此處職員使用的問候語為韓文正式敬語。

然後又一邊向我搭話：“한국 어디에서 왔습니까？
（您是從韓國哪裡來的？）”一邊暗中偷瞧著櫃檯
下方。她正在桌底翻開一本韓語教材，將我當成練
習韓文的對象。面對她笨拙生疏的提問，我文法工
整、用心地一字一句回答著。她說，她剛開始學習
韓文不久，希望認真學習後能去韓國看看。我問她，
當地是否也有韓文補習班，她說有，雖然大學裡也
有開設韓文教育課程，但多數人都是以小團體的形
式學習。想不到竟有這麼多人都在學韓語。

　　整整一個多小時，我都待在那兒和她對話交談。
若她的表達有怪異之處也替她糾正，告訴她敬語、
平語，以及更自然流暢的敘述方式。

2

　　在我準備前往老城區遊覽的途中得到了幫助，
令人驚喜不已。我向兩位年輕女士問路，她們以手
勢示意我跟著走，並表示還要走上好一陣子。她倆
嘰嘰喳喳地帶頭走著，我生怕錯過她們，努力邁步

跟在後頭。走著走著，她們倏然回頭，詢問我從哪裡來。我說自己來自韓國。一瞬間，她們相互對視一眼，臉上亮起異樣的神采。

她們問我是不是來這裡旅遊的。我說是。說完之後，她倆的熱忱便與剛剛截然不同，你一言我一語地向我搭話，英文好不流暢。然而，以我的英語能力，能問個路就已經是極限了。於是她們打開了翻譯軟體，展示給我看。

「我們保持你。」

我不明就裡地搖搖頭。見到我面露難色，她倆似乎也管不了那麼多了，只是不停說著「發摟咪」。直到後來，我才明白她們想說的，其實是「我們會帶你一路走到底」的意思。

直到我們走進了老城區，兩名女孩先是給我介紹了全伊爾庫次克最大、最華麗的百貨公司，向我說明劇場前海報中的演員是當地人氣最高的明星等等，又帶我去了老街裡富有歷史故事的地點，努力地用英文為我當起殷切的嚮導，還為了英語生疏的我，費盡心思盡可能使用簡單的英語。直到要分開

時，我說我想買杯咖啡感謝她們。但她們表示和朋友在咖啡廳還有約，笑著謝絕了我。兩名女孩帶著一個老年旅客到處觀光，沿途笑容滿面，似乎樂在其中。

而有幸與她們結伴而行的老人家又有多麼快樂，何需多言呢。

3

又迷路了。我只有獨自一人，縱使不想把事情弄得太麻煩，但也無法可想。我向一旁湊在一起熱切交談的亮麗女孩們展示我的手機，尋求她們的幫助。她們湊過來探頭看著我的螢幕畫面，一個少女忽然遲疑地說了句：「安妞哈誰唷。」我的老天爺！「你會說韓文嗎？」然而，少女僅僅知道「安妞哈誰唷」一句話而已。儘管如此，依舊令我感到開心。

我的目的地是勝利公園。她們用自己的手機開始搜索，要我稍作等候。她們明明能夠簡單說明路徑就好，卻直說路途複雜，要陪我一道走。大概是

我看上去太像老婆婆了吧。我顧不上體面，接受了女孩們的護送。路程確實曲折，她們甚至還陪著我一路換乘，這才終於得以抵達勝利公園地鐵站。她們指點著我出口的方向，說自己還要坐車回去，無法陪我出站，並直說只要出了站，立刻就能看見公園。

她們是如此親切熱忱，我無以回報，只能向她們表示感激。這群女孩說她們非常喜歡韓國電視劇，所以也很高興能遇見我。一位女孩說自己是藝人宋仲基的粉絲。這又該如何是好？要是我手中能有一張宋仲基的照片那可再好不過，但我只能用包中隨身攜帶的紀念品——一個繡著韓國傳統圖樣的小東西——作為替代，聊表謝意。

分開時，女孩們用韓文對我說道：「坎撒哈咪達（謝謝）。」我也用俄羅斯語說道：「斯巴西巴（謝謝）。」她們有著明媚開朗的笑容，全都特別漂亮。我一介土裡土氣的釜山老奶奶，能夠受到女孩們這樣熱情款待，全都是多虧了韓流風潮表現亮眼的福。

謹向所有認真努力的演員、歌手、偶像與藝人朋友送上感謝和喜愛。與此同時，無論在任何領域，我也向所有懷著夢想、持續挑戰的年輕朋友，給予熱切的鼓勵與支持。

來去「迷你吧」喝杯啤酒如何？

　　預定飯店的時候，一定要仔細查看飯店提供的資訊。不只是住宿費用，飯店是否供應早餐，有沒有電梯、吹風機等設備，在此之外，我還看到其中有個特別的詞彙，「迷你吧 (Mini Bar)」。

　　在訂好飯店之後，我既興奮又自豪，立刻告知了預計同行的朋友這件事。

　　「雖然算不上是多高級的飯店，但還有迷你酒吧呢。到時候一起去酒吧喝杯紅酒或啤酒坐一坐吧。難得這麼有氣氛，肯定很不錯！」

　　我一個人興致勃勃地說得起勁。

　　第一天，結束一天的行程早早回到飯店，我慫恿著朋友一起去酒吧坐坐。兩人換上舒適的衣服出發尋找迷你酒吧，卻遍尋不著。能加減吃點東西的地方，唯有供應早餐的大廳而已。雖然覺得有些奇怪，卻也不好意思跑去櫃檯詢問，就這麼放棄了。

隔天，我在飯店走廊上遇到了清潔人員，開口詢問迷你酒吧究竟在哪裡。清潔人員瞪大了雙眼，一邊反問我「沒有嗎」，一邊冷不防走進我的房中，打開桌子下方的一道小門查看。

　　那裡頭，只見我們的迷你酒吧——也就是迷你小冰箱裡——裝滿了茶水、茶杯和玻璃杯等等……！

《安娜・卡列尼娜》❺ 的浪漫

一想起喬・萊特導演執導的電影《安娜・卡列尼娜》，就會想起那座雪境中的火車站。英俊的青年阿列克謝・基里洛維奇・渥倫斯基伯爵邂逅安娜・卡列尼娜的地方，就是那班由莫斯科開往聖彼得堡的列車。那場景強烈地激發我浪漫的想像，那一瞬間我便下定決心，一定要去俄羅斯、搭乘橫貫西伯利亞的列車旅行。

縱使搭的不是西伯利亞橫貫列車，無論如何，來趟俄羅斯列車旅行也不錯。

我從預訂火車票開始著手準備，於是連上了俄羅斯鐵路局的官網。我必須先加入會員，接著才能正式開始搜尋路線進行預訂，與訂購一般的飛機票截然不同，手續極為繁瑣。我輪番查找著字典和翻

❺ *Anna Karenina*，二○一二年改編自俄羅斯作家列夫・托爾斯泰的同名小說，為描述俄羅斯貴族社會的劇情片。

譯機，好不容易填寫完所有空白欄位，卻在最後結帳之前遲疑了。我不確定自己是否有失誤，於是刷新頁面，再次填寫欄位並仔細地檢查一輪。就這樣反覆了三遍，才終於完成結帳訂購。

這一次我們搭乘的橫貫列車，是經由伊爾庫次克抵達莫斯科的路線。在沿著西伯利亞平原周圍建立的都市之中，伊爾庫次克擁有著接近四百年的歷史，是最古老的城市。自聖彼得堡發生了十二月黨人起義 ❻，從十九世紀以降，伊爾庫次克成為當時與事的一百多名軍官將校、波蘭叛軍與沒落貴族的流放地，同時也是催生了我們熟知的托爾斯泰的《復活》❼ 之所在。

在伊爾庫次克車站候車室的入口，有著剛夠拖拽行李通過的狹窄保全通道，兩名保全人員就守在通道旁。即使蘇維埃社會主義共和國聯邦 ❽ 解體，

---

❻ 一八二五年十二月二十六日，由俄國軍官率領三千名兵士對帝俄政府發動起義，抗議政府專政。

❼ *Воскресение*，一九八八年出版，托爾斯泰晚年的代表作，脫離其貴族的傳統觀念，以農民眼光審視社會現象。

以俄羅斯聯邦共和國 ❾ 之名重生歷時已久，但在我眼中，至今似乎仍殘留昔日的氛圍。人們的神情多半嚴肅生硬，也可看見身穿軍服、手持長槍的保全人員。他們兇狠銳利的眼神彷彿能看穿人心，頗具威懾力，一見我們手持相機試圖拍照，便立刻用凌厲且堅決的手勢制止。

我們向保全人員出示車票，詢問該在何處乘車，他指著電子顯示看板表示要稍作等候。在等待過程中我們數度移動座位，但他始終沒有錯過我們，關切地告知時間差不多了，眼神與手勢並用，示意我們往另一頭的通道下去乘車。

準備搭車的時候，空中飄起了雨。雨中的伊爾庫次克站月臺雖談不上浪漫，但那略帶冷清的氛圍，似乎與西伯利亞橫貫鐵路一詞恰恰合適，作為一名旅客，心情也並不差。乘務員的表情也沒半點柔和，僅僅做著該做的事，毫不親切。我們拖著行李，吃力地乘上列車之後，這才與現實打了照面。好窄呀。

❽ 全名俄羅斯蘇維埃聯邦社會主義共和國，簡稱蘇俄。

❾ 現今俄羅斯的正式國名。

一時間，我心中滿是擔憂，不知該如何在這裡度過三天三夜。

　　列車開始急馳，白樺樹林漸漸映入眼簾。在電影《齊瓦哥醫生》 ⑩ 中出現的西伯利亞雪原和白樺林，正是另一個加諸在此次旅程中的幻想。但想像終究只是想像，我眼中所見只有乾癟尖銳的林木。雖然我仍滿懷期待，或許再往前走便能看見枝椏繁茂、遮天蔽日的白樺樹，然而，我夢寐以求的風景始終沒有出現。我只得歸咎於季節，畢竟此時不是嚴冬而是夏季。取而代之的，只有遼闊草原上零星可見的生活痕跡，讓人感受到人類那強大的特質，無論在任何生態系統中都不會被抹滅。觀看著車窗外煙塵漫天的風景，那份樂趣也滿足了我的期待。

　　在中轉站稍事休息的期間，乘客紛紛下車，或者曬曬太陽、或者吸口煙，又或者一窩蜂地跑到小賣部購買必需品。我向一個拖著小推車、出來叫賣的大嬸買了一袋──裡頭裝有好幾種水果──後便

⑩ *Doctor Zhivago*，一九六五年改編自蘇聯作家鮑里斯・巴斯特納克的同名小說，是一部愛情史詩電影。

回到車上。列車旋即出發，我打開袋子正打算吃些水果，只見袋中果子都皺皺巴巴的，像是直接從地上拾來了掉落的果實。難不成是認為反正不可能有回頭客，這樣也無所謂嗎？

若想吃東西，在列車上我們能湊合到的東西就只有熱水，可以用熱水沖泡咖啡或泡麵吃。每到吃飯時間，整輛列車裡就充斥著泡麵的味道。每節車廂都配有一個洗手間，因為既要洗漱，又得上廁所，往往一進去就出不來。飲用水必須要用手抵著水龍頭才能接取，只要手一鬆就斷了水。這似乎不是因為水壓過低，而是為了防止浪費水的關係，至少水壓還算強勁。儘管如此，聽說仍有人能用這水洗頭。我則連續三天沒洗頭，堅持了過來。這也是我沒有選擇搭乘全程的理由，因為橫貫列車全程耗時一週，我實在沒有勇氣，用手慢慢接水來盥洗、洗頭。衛生紙也時常耗盡，每回都要去找乘務員再多取些回來。

我想看點書，燈卻故障了。這可真為難。

我去找乘務員，但對方連一句英語也不明白，

只是直勾勾地盯著我瞧。無奈之下，我只能拉起她的手，將她帶到我的包廂，伸手指了指日光燈。她這才意會過來似的，重新撥動電燈開關。重一點、輕一點，上上下下撥動了十來回，接著一臉無可奈何的樣子看看我，逕自離開了。我還以為她會帶新的燈泡過來替換，原地等著，但她始終沒有再出現。等了好一會，我才明白她是不會回來了。整個狀況太過搞笑，令我獨自笑了起來。

　　列車就這樣繼續奔馳。隨著列車駛進新的城市，時差也一點一點產生。我這時才察覺，原來同屬俄羅斯這塊土地卻仍會有時差。雨一時落、一時停，天空將雲彩變換出好幾種色彩，揮灑出一幅圖畫，有時也會看見沒有一絲烏雲、長空清透澄澈的面孔。每到這時候，我們便會打開車窗，讓西伯利亞的寒風灌進車廂內，感受著即使在夏季也依舊涼冷刺骨的風，席捲一陣又離開。就在我們抵達某個車站的時候，列車嘰咿咿——一陣哐噹作響，傳來像是車輪碰撞到某處的聲響，日光燈隨之幽幽亮起。我感到啼笑皆非，亦覺得慶幸，於是又一個人笑了起來。

八十六個小時，三天半的時間。在狹小的空間裡吃喝、盥洗、安睡、排泄、閱讀，也結識新鄰居。這段時間，我們的車廂上鋪有過三次遷居，兩對俄羅斯夫婦、兩名俄羅斯青年曾歇腳於此。尤其是瑪雅和埃列沙夫妻特別積極、親切，對我們非常禮讓，我也數度分送水果之類作為回禮。在他們離開雙層車廂的時候，我們一路送到車門前，熱烈地擁抱作別。

　　「奶奶，小心保重身體，好好旅行喔！」

　　瑪雅三番兩次對我們擔憂地囑咐。他倆不會說一句英文，而我們對俄文也是一竅不通，只曉得「斯巴西巴」而已。即使如此，我們仍理解了彼此的話語，這一定是真正的情感相通才有可能發生。

　　回到韓國之後，我們還有過三、四次電子郵件往來。他們依舊不懂韓文或英語，而我們的俄文和英語也一樣糟糕，只能透過 Google 翻譯，他們似乎也如是。他們以韓文傳來的電子郵件，語順和語意雖然都怪異無比，但我依舊能明白。我想，我用俄文發送過去的郵件，他們也同樣能夠理解的。

雙手拿滿披薩和啤酒展開逃亡

　　從立陶宛希奧利艾的十字架山動身前往維爾紐斯的途中，一路細雨飄搖。抵達多曼泰公車站時，距離公車抵達的時間約剩下五十分鐘。我們遠道而來，是只吃了些許早餐、中午也尚未進食的狀態，於是我們決定簡單充飢。因為所剩時間不多，我們走進了最近的披薩店，雖然 「披薩＝可樂」 是真理，但那天我們卻打破這條公式，點了啤酒。然而，不曉得店家是多麼精心製作那份披薩，過了整整三十分鐘仍不見蹤影。我們漸漸焦躁起來。就算上了餐，我們也沒時間吃完，只能詢問店家是否能取消，卻得到否定的答案。店家說披薩已經都做好了，很快就會出爐，讓我們再等一等。無可奈何之下只好請他們幫忙打包，但問題是啤酒。啤酒同樣無法取消，只能幫我們裝進一次性的外帶杯中。

　　我們接過一盒披薩，各自捧著一杯啤酒，慌慌

忙忙地趕去公車站。幸好公車還沒來。因為公車裡不能散發出披薩的味道，我們決定在等車期間，儘速解決掉它。

我們在長椅上打開披薩盒，正囫圇吞棗地吃著，卻聽見某處傳來某人的高喊。雖然心下困惑不知發生了什麼，但我們只是全神貫注地啃著披薩。

然而，一個身穿淺綠螢光色背心、管理員模樣的健壯年輕人徑直朝我們走來，用陌生的語言放聲叫喊著。兩個老人嚇了一大跳，他的話大概是這樣的：「你們在這裡幹什麼！還不快把東西收拾掉！」

我們連聲地說著 "Sorry"，清理披薩盒子，拎起各自的啤酒連忙往公車停靠的地方跑去。我倆跑得上氣不接下氣，只來得及喝一口的啤酒更是搖搖晃晃，眼看著就要灑出杯外。見那晃動，我實在不敢再跑下去，連忙停下腳步，猛地喝了一大口啤酒，讓它不至於溢出來。可是……螢光背心不知道又從哪兒蹦了出來，一路窮追不捨，更大聲地叫嚷著：「&^*%$#! @#$%*&^%$#@!!!」

這回我倒是聽懂了。大概是「你們想去警局是

不是？」之類的話。在他的眼皮子底下，我把一杯啤酒全灑在了地上，漲紅著一張臉跳上公車。

　　我讀過不少嚇人的文章所以很清楚，在俄羅斯，如果在酒吧以外的地方，就算只是手持啤酒瓶也會被逮捕，但卻不知道在立陶宛也有這個規矩。在其他國家，於餐廳和露天咖啡廳中，甚至走在路上，來一杯冰涼的啤酒都頗為尋常，因此我壓根就沒想到這回事呀。

Bravo, my tip!

　　藍洞，是卡布里島沿岸著名的海蝕洞。陽光通過水中的洞窟與海水相遇，折射出湛藍色彩映照在洞中，因而被命名為藍洞。我們決定乘船前往，並以 13.5 歐元 ⓫ 的價格購買了前往藍洞的汽船船票。從泊船碼頭到藍洞入口需時不過十五分鐘，可見票價不便宜。那船就像捕撈漁船一樣窄小。

　　搭著汽船前進的途中，卡布里島的風光極其優美。小船在大海之中乘風破浪，晃動甚劇。在搖搖盪盪的汽船上，響起了當時風靡全世界的歌曲〈江南 Style〉 ⓬，使我們心情飛揚。兩名從法國來旅行的年輕女子，在小小的船艙中隨著音樂擺動起身體，更烘托了一層興致，其他坐著的旅客也隨之搖擺身

⓫ 歐盟中十九個國家的通用貨幣。1 歐元約等於 32 新臺幣。

⓬ 韓國歌手 PSY 於二〇一二年發布的歌曲，登上多國排行榜，也引發世界性的 K-POP 風潮。

軀。這段時間，我們盡情地享受了旅遊的興味。

汽船是無法開進藍洞之中的。由於洞口狹小，只夠容納一艘小艇往復進出，載客的小艇們在洞窟的入口處馬不停蹄地穿梭著。

欲乘坐小艇，每人要價 12.5 歐元。直接將錢支付給船夫即可乘船，此外，我在某旅遊部落格中讀過，一定要記得給予小費。據說根據給予的小費多寡，待在藍洞中的時間可能隨之延長或縮減。記得它是這麼寫的。

我們和兩名日本青年一起搭上小艇。因為進入藍洞的入口非常狹窄低矮，我們必須兩兩分坐在小艇兩側，用像半躺著一樣的姿勢乘坐才行。在經過洞窟入口的時候，不只是我們，連船夫大叔也必須完全向後躺平才能通過，若不是深諳掌舵本領之人，是絕對做不來的。

船夫很快就開始閒扯攀談。先問我們從哪裡來，一聽到我們來自韓國，張口就招呼起來：「嗨唧，江南絲帶～唧～」又沒頭沒腦地添了句 ：「優吧嗒 ❸（辛苦啦）！」讓我們大吃一驚。

大叔不可能知道我們就是釜山來的老太太，竟會用如此道地、富有人情味的方言 "욕봤다" 來問候，看來肯定是釜山人教他的。

　　這當下，就是看準氣氛、立刻奉上小費的好時機了。我向朋友耳語道：「要現在給他小費嗎？」

　　「什麼小費！光船費就繳了 12.5 歐元，小費就包含在船費裡了啦，還給什麼。」

　　這話好像也沒錯。日本青年們也沒有動作。

　　洞窟裡又黑暗又神祕。在一片漆黑之中，雙眼漸漸適應了黑暗，蔚藍的大海在小艇下搖曳輕擺，彷彿一伸手就能將海洋納入掌心。船夫拉高嗓門唱著〈江南 Style〉、〈歸來吧！蘇連多〉 ⑭ 、〈義大利曼波〉 ⑮ 等歌曲給遊客助興。小艇在洞窟裡轉了一

---

⑬ 욕봤다，慶尚道方言。原意為「受到詛咒」，過去認為勞動工作是吃苦、受累的，而引申出「辛苦了、吃苦了、受辱了」的負面意義，但現今在慶尚道已演變為親近友人的日常問候。

⑭ Torna a Surriento，著名的義大利拿坡里民謠，後亦成為經典聲樂曲目。

圈，似乎連十分鐘也不到。

我們在洞窟裡再次躺平划出了洞外。雖然藍洞裡的風光也很美妙，但平躺著經過洞口的體驗似乎更陌生而有趣。現在到了該換乘汽船的時間，船夫依然舌燦蓮花地吆喝個不停，此刻，我望見日本青年們打開了錢包。收到小費的大叔，緊接著和我們四目相交，露骨地奮力高唱起江南絲帶～咿的曲調。朋友厚著臉皮和船夫對視，興致高昂地附和著江南絲帶～咿。在卡布里島的藍洞之中，沁涼的風不斷吹動，船身也搖晃不止。

「好像還是要給小費才行，那些年輕人也給了。」我再度對朋友悄聲說著，打開背囊、掏出了錢包。望見船夫熱烈的眼神，我是再也撐不住了。然而，朋友卻猛地攔住了我的手。

「幹嘛給！才不過搭了十分鐘，船費都已經付了啊，船費還不少呢！」

---

⑮ Mambo Italiano，一九五四年美國詞曲家包伯・梅里爾作品，詞意不明，但輕快曲調引發風潮。

「可是，看這情況好像還是該給，那些年輕人都給了，我們卻不給小費，豈不是說不過去。」

「那給 5 歐元就好！」

依照朋友的意思，我使勁往錢包裡翻找著五歐元的紙鈔，但我那顫顫巍巍的老手，在小艇上卻不聽使喚。剎時間，好幾張該死的鈔票唰啦啦地溜出了錢包，沒等經過我的手就乘著風飛走了。

「我的媽啊！！！」

朋友和我慌忙伸手想抓回那些鈔票，啊～紙鈔已經隨著強勁的風勢飛上遙遠的半空。在我站起身來，試圖抓住紙鈔的瞬間，搖晃的船身讓我一把跌坐回原地，我慌了神，在一陣手忙腳亂之中，卻聽見四面八方呼呼～地傳來清亮的口哨聲 "Bravo!"，還有掌聲陣陣傳來。那是各艘船艇上的人們，忽然看見滿天乘風飄揚的鈔票，一同興奮鼓譟起來的聲音。

浣腸劑的日文是？

那是去日本九州溫泉旅行時發生的事。同行的朋友表示想去一趟藥局，可能是因為長時間的背包旅行，逐漸演變為敏感體質的關係，他說他需要「那種藥」。走進位於小鎮巷弄間的小藥局，一位年輕的藥師親切地接待了我們。完全不懂日文的朋友，用英文說明著自己在找藥品，不知是朋友的英文發音怪異，還是藥師聽不懂英語，對方歪了歪腦袋。朋友懇切地望向了我。雖然我能說些許日語，但我也不曉得「浣腸劑」的日文怎麼講。

看見我面有難色，朋友立刻熟練地使出了肢體語言。他繃緊全身，皺起一張臉，用手指頭戳了戳屁股。我是馬上就看懂了，但日本藥師依舊歪頭不解。朋友繼續用手戳著屁股，對方似乎這才明白了他的肢體語言，吃驚地連連擺手。看著她的手勢，我們以為她不賣浣腸劑，轉身就要離開，但藥師急

忙向我們強調道，那玩意不管是在其他藥局還是店鋪都不賣，在藥局販售那種東西會出事的。聽她震驚慌亂地再三說明，我察覺她可能是聯想到了針筒注射器。朋友手指的部位得再正確一些才是，模稜兩可地戳著屁股後方，確實可能使人誤會。

朋友再一次哼哼唧唧地擺出渾身用勁的姿勢。這一回，藥師取出了便祕藥。朋友試圖表達他要的不是口服藥，而是外用的藥品，於是毫不掩飾地把手指往正確的部位一插，說道："Water." 藥師這才總算啪地雙掌一拍，讓我們稍候。就這樣，終於將浣腸劑弄到手的我們，哈哈大笑了起來。

小鮮魚披薩

傍晚時分，我們為了欣賞福岡的夜晚踏上街道。這裡的夜景一如首爾、釜山等城市，處處都是百貨公司和酒吧，美容院前方也有人朝行人一張張遞著廣告傳單，招攬客人。我也拿到了一張傳單，上頭說居酒屋目前有折扣 500 日圓 ⑯ 的活動，即使口袋不深，用餐似乎也不會太有壓力。那家居酒屋並不是披薩專賣店，卻供應了好幾種口味的披薩，菜單上還有個我生平前所未見的餐點。

Little Fish Pizza

「小的鮮魚披薩？」我大致猜想著，或許是把魚肉抹在麵包上，或是將魚肉當作配料放在披薩上之類的，應該不會太背離我們熟悉的口味，於是滿

---

⑯ 日本的法定貨幣。1 日圓約等於 0.24 新臺幣。

懷期待地點了小鮮魚披薩。

　　還有這種口味的披薩呀……？

　　只見一尾尾細細小小、通常用做辣炒魚乾的小鯷魚，被當作披薩配料端上了桌，鯷魚那未經清洗的重鹹味道沖鼻而來。我們只能推測，這或許是因為主廚的開發才能過度氾濫才誕生的菜品吧。自此之後，小鮮魚披薩就成為我們旅遊見聞的飯後常談了。

希臘爺爺男朋友

　　為了前往人稱「天空之城」的邁泰奧拉，我們一早就出發到巴士轉運站。我獨自進入轉運站，買好車票走了出來。在這期間，朋友和一位戴著墨鏡的帥氣希臘老爺爺，並肩坐在車站前的長椅上熱切交談著。於是我悄悄讓出空間，坐到另一頭去。

　　距離巴士發車的時間還很寬裕。畢竟我們反應力都不若從前，每回移動時總會預留充分的時間。我悠閒地坐下來等著朋友，但左盼右盼，兩人的話題卻始終不見結束。看來她要有個歐洲男朋友啦。

　　巴士比預定時間遲來了二十分鐘。我還以為巴士會停靠在轉運站前，便堅定不移地等著，誰知它稍稍繞開，停在轉運站旁的巷子裡。晚些才得知此事的我們氣喘吁吁地趕上了巴士。與朋友聊著天的老爺爺也一起上了車。巴士在城鎮狹窄的巷弄間穿行前進，透過車窗所見的風景非常優美。待喘過一

口氣，朋友就絮叨起那歐洲老爺爺的事情。與我的猜想相去無幾。

「老伯說他是自己一個人住，太太已經去世很久了。他問我是從哪兒來的，我告訴他我來自韓國。他一聽，說那還真是遠道而來啊，又說自己也喜歡東方女人！他比我還小十歲，說出我的真實年紀有些尷尬，就說得少了點。嘻嘻。我想說那至少也能學學英語，就讓他告訴我他的電子信箱，但他說他不會用那種東西，連手機也是舊款的折疊機。他說他家就離這兒不遠，一個人生活就是那樣，差不多攏共款。」

「那伯伯好像挺孤單的，都是寂寞人，好好相處一回看覓啦。」

「就算你不提，我也覺得這老伯伯相貌不錯，滿想考慮的。不過他沒有手機，也不用電腦，這人我看是無法度啦。和他的年紀一比，早就是個老頑固囉。可惜啦～！」

車窗外，一間間美麗的房舍櫛比鱗次，希臘老爺爺下了車。

「看來老伯家就在這了。」

「這社區很漂亮啊，從山上下來的時候，要不要去伯伯家看覓？去他家喝杯咖啡再走吧。」

「要是走不了了，欲安怎唷～。」

「那就趁機留佇咧遮，好好過日子啦～。」

上了年紀，心內的鎖頭無論到哪都能敞開呢。

在有日間餐酒館的城鎮住上一個月

　　位於倫敦外郭的三區，似乎是許多有色人種生活的區域。在這個社區中，人滿為患的公車來來往往，一天裡時不時會傳來救護車或警車的鳴笛聲，偶爾也會聽見叫嚷聲，就是個人們繁忙度日的社區。

　　讓我倍感中意，決定要在這個社區居住一個月的理由，是一家名為「DRUM FOOD」的餐酒館。從遠處就能感受到古老傳統的老屋子，不甚寬敞的空間，地面上鋪著古早的絨地毯，小小的壁爐裡燃著溫暖的火焰，火光溫情搖曳。早餐是 4.99 英鎊 ❶。剛出爐的餐點熱騰騰地，不僅口感柔嫩、美味可口還很豐盛，另有各式啤酒在櫃檯酒架上一字排開，種類繁多。

　　上午的店裡全是老爺爺。人人面前都擺著一只

---

❶ 英國的法定貨幣。1 英鎊約等於 38 新臺幣。

啤酒杯,一桌桌地圍坐著,彼此談天。喝完一整杯,從口袋裡頭掏出幾枚銅板,走上前去再點上一杯生啤酒。手裡拿著復又滿溢的啤酒走回桌邊,繼續談笑風生。一言以蔽之,這間店就是這個社區的小客廳。

在我們鄰座,來了一位衣著端莊、身形敦厚的老太太。她只點了一杯啤酒,什麼也不做,只是端正地坐著,一邊環顧著大廳,一邊啜飲著啤酒。老太太緩慢地喝完了一杯,便和其他客人們一樣掏出零錢,就這樣又接了杯啤酒,回到座位裡。

就在這時,一位個頭矮小的老伯伯走進店來,一見到老太太便說:「唷,這是誰來了~」像是久未謀面般熱誠而歡喜。他走上前去相互擁抱,輪流碰了碰兩側臉頰打著招呼。或許在這個社區,這不過是一幅尋常的風景,但在我眼中,恍如電影中的一幕畫面。這溫馨的景象深得我心,年老的老爺爺、老奶奶這樣子彼此招呼問候,看上去真是美好。

隔天,我在傍晚時來到店內。在這個社區才住

了一週，便有四天到訪這家店了。看著不知不覺間已變得面熟的老爺子們，沒有誰先誰後，我們相互交換了一個問候的眼神，彷彿彼此熟識。在忙碌的日子行經店鋪外的時候，我也會伸長脖子探看店裡來了多少老爺爺、老奶奶。我始終覺得待在倫敦的日程太過短暫，正是因為對這間餐酒館有太多留戀。

即使不到一年時間，僅僅是在這個社區住了一個月，每天吃著 4.99 英鎊的早餐，在壁爐前烤著爐火，啜飲啤酒、看看書，偶爾也混混沌沌地打打瞌睡。只要一看見每天碰頭的親切面孔出現，便想與他碰一碰兩側臉頰，用歐洲的方式彼此問好。

人生何其美好

　　我決定和友人一起前往電影《受難記：最後的激情》[18] 的拍攝地馬泰拉，朋友對這部電影也深有感觸。

　　前往馬泰拉的路上，我們在小小的阿爾貝羅貝洛車站，遇見一名稚嫩的日本男學生。由於此處不是東方面孔隨處可見的地區，男學生一看見我們便瞪大了雙眼，十分高興。學生說自己也要去馬泰拉。早前，我們還擔憂著前去馬泰拉的旅程會很不容易，這下有了年輕朋友同行，心裡踏實多了。但我們兩個老人也擔憂，年輕人畢竟是為了獨自享受自由旅行而來，生怕會給他造成負擔，行動時便稍稍保持一些距離，落在後頭。

---

[18] *The Passion of the Christ*，二〇〇四年導演梅爾・吉勃遜的作品，描寫耶穌生命的最後十二小時。

列車駛進車站，學生用手勢招呼著、幫助我們乘上了車。因為是地方上的列車，車內採自由座。小伙子自然大方地來到一旁的座位、和我們坐在一塊。與俊俏的小伙子互通姓名後，得知他年方二十一，就讀大學三年級，他說除了學校裡短暫的團體旅行以外，這是他頭一回自由行，也是第一次來歐洲旅遊。他談話親切和善，舉止彬彬有禮。輪到我們介紹自己，說我們都是有孫子的老奶奶了。好看的青年卻毫不遲疑地說：“We are all friends.” 並爽朗地笑了起來。比我們最小的小兒子都還年輕，區區二十一歲的年輕小伙，卻百無顧忌地對早已年過花甲的我們說著：“We are all friends.”

　　這句話給了我某種恍惚感。青年的一句話，令我覺得彷彿對六十年來的崎嶇人生有了補償。而我們也真的成了 Good friends。雖然只是短暫的同行，我們在馬泰拉巴士站一起拍了照，真誠地道別。

　　由青年的嗓音道出的那句 “We are all friends”，在我耳邊縈繞良久。許久之後，它化作了我的嗓音，訴說著「人生何其美好」。

從沙發上起身自由行！

1

　　長達十一天九夜的團體旅遊行程來到最後一站，大型觀光巴士抵達之處是氣派又豪華的購物中心前。雖然我不是很想下車，但大夥都要下去，獨自留在巴士裡頭也不太合適。喜歡也好、不喜歡也罷，總得先進去轉轉，縱使沒有特別想買的東西，看在導遊的面子上，至少也要消費一、兩件小東西，才是韓國的人之常情。眼見其他人手裡都提著碩大的購物袋，我莫名地有些畏怯，看見導遊也感到心有不安。心裡不得勁的感覺揮之不去，總覺得東西好像都買貴了。

　　不只是購物中心，這種包套的團體旅遊，還有許多需要選擇的當地行程，一起同行的朋友們，往往也容易因為這些選項意見相左，產生歧見。英子

想選乘船觀光的行程、淑子卻想去海鮮餐廳,一來二去,甚至可能在旅行末尾撕破臉。結束旅遊之後,餘留的不過數十幀照片,全是大夥肩並肩坐著、或者排排站的團體照,實際上當地的背景要不是被擋掉大半,就是被裁切到相片之外了。

整整十一天之中,除去來程和回程的交通時間,在旅遊地點停留的日程僅有九天。此外,還得扣除穿越國境移動的耗時,真正留給旅行地的時間根本所剩無幾。因為時差的緣故,又是犯睏、又是犯迷糊的⋯⋯,所以我認為,用十一天九夜的時間遊覽五個國家,根本是荒謬又可笑的主意。

隨意轉換電視頻道,時時都能看到關於世界旅遊的節目。小村落、小街巷,孩子們笑鬧奔跑的窄胡同,供社區老伯伯、老太太談笑風生的素雅咖啡館,要是我也有那份自由或餘裕,能在那兒一塊喝上一盞茶的話⋯⋯。

每當我看見那幅情景,心中就會感受到一股衝動:啊!我也想要享受那樣的自由自在。然而,包套旅遊行程是無法享受到那種體驗的,要是跟團出

發，到了當地甚至不會和在地人碰到面、說上一句話。

　　現在的我，不再想和小淑媽媽、阿勳媽媽或英子奶奶綁做伙，只想自己一人瀟灑啟程。我想在陌生的城市裡成為一介異鄉人，想要以自然的步調融入其中，來一場真正旅行般的旅行。從現在開始，我也要啟程出發「自由行」！

2

　　在京都，有處被稱作「哲學之道」的名勝。由於在英國老哲學家艾倫・麥克法蘭❶的著作《給莉莉的信：關於世界之道》 ❷中曾經提及哲學之道，於是我滿懷期待地前去走訪。而我所受的衝擊，卻是三言兩語難以道盡。對我而言，感覺不過是韓國隨處可見的溪渠而已。雖然有清淺的溪水潺潺流淌，夏日周邊林蔭茂盛、春天櫻花盛開時也別具風情，

---

❶ Alan Macfarlane，英國人類學、歷史學家，著有許多哲學書籍。

❷ *Letters to Lily: On How the World Works* ，作者透過給孫女的信件形式，寫下歷史文化的探討。

但我不禁想著，這樣的風景在韓國也是司空見慣了的。

然而，此處卻赫然名列「京都旅行必訪景點」的名單之上，此後我恍然醒悟，所謂的「名勝」，不僅如字面上的「著名勝地」，同時也意味著「只是有很多人知道的地點」這另一層意義。

當然，也有可能是我尋訪該處的時候，由於我個人的境遇或狀況，使我無法好好地接納、欣賞此地也未可知。或許正因如此，對旅人而言，「時機」更為重要，畢竟受到某人推崇之處，並不是所有人都會同樣喜愛；也正因如此，旅行才更加多采多姿。

我們總愛跟風去看其他人盛讚的事物。肯定還有許多不為人所知，至今都尚未被發掘的美麗場域，只因不曾為人涉足，我們也從不曉得那些地方的美好。

但不知怎地，只要在電視上大肆宣揚知名藝人去過某處，那些地方在節目播出的幾週之後就會突然大紅大火。或許，某些我們所熟知的世界名勝，就是從電視節目中生產出來的也說不定。

3

　　在布拉格時，我和女兒正走在前往小城地鐵站的路上。一群陌生男子跟在我們身後，一邊走著、一邊發出「嗚～嗚～嗚～」的鼓譟聲。一開始，我倆以為對方在威脅我們，嚇得心臟怦怦直跳，頭也不回地加快腳步向前走。然而，一個東方面孔的青年驀然走到我們面前，打了招呼，詢問我們是不是韓國人，並解釋他們是一群從羅馬來的各國神學生，趁著放假期間在歐洲各地旅行。恐懼瞬時間轉為喜悅，自此之後，我們聽見身後陣陣傳來的「嗚～嗚～嗚～」聲音，也變為歌曲的旋律。

　　一走進地鐵站前的廣場，他們便將我們母女倆團團圍繞，紛紛從口袋裡掏出樂譜，舉著譜細看、以手掌在手臂上打出節奏，用生疏的發音唱著 "사랑해 당신을（我深愛的你）"，正經地揚聲高唱。帶領著眾人歌唱、個頭矮小卻神情愉快的那位韓國神學生，將〈我愛你〉 ㉑這首歌教給了他們。

那景象使周圍的旅客都停下腳步，用愉悅的目光注視著我們。轉眼間，廣場就化成了浪漫的舞臺。我和女兒偶爾想起那一刻，都仍不禁好奇那些神學生們是否皆已成為神父。這般令人著迷、倍感幸福、且畢生難以忘懷的無拘無束，是自由行旅人們獨享的專利。

㉑ 一九九九年韓國電視劇《我愛你》的同名主題曲。

第二章

老阿姨也能自得其樂

阿姨 vs 阿嬤

「奶奶、老奶奶！」

我還以為有誰在找自己的奶奶呢。但是，不一會卻有人輕輕摁住我的肩膀、將臉探到我的面前。對方一面秀出火車車票，一面向我問道：「是在這裡搭車嗎？」我這才吃了一驚意會過來，慌忙答道：「對、對、對，沒錯！」想不到，呼喚我的那個人甚至不是小孩子，而是名頭戴軍用貝雷帽的壯碩青年。

老奶奶、什麼老奶奶啊……，我渾然未覺對方竟是在叫我。我不由得低下頭，呵呵地獨自失笑出聲，心想著，萬一他喊的是「阿姨、阿姨！」，說不定我就會立刻回頭了呢。

這畢竟是個準備出門旅遊的早晨，我一大早就洗了頭，打理好造型，撲上脂粉、畫好眉毛，嘴唇也上了色，自以為萬般打扮才出了門，帶著激動又

自信暢快的心情前往仁川機場。可惜這不過是我的錯覺。今年的我七十一歲了，算足歲也已屆古稀，大孫子都是小學四年級的學生了，在一眾奶奶之中，我也算得上中流砥柱啦。縱使我從許久以前，就開始以「奶奶」自居，但在我心中，別說奶奶了，阿姨這個稱呼或許仍占有一定的位置。

在仁川機場和同伴碰頭之後向她們說起這件事，大夥都「哈～」笑了起來：「那年輕人拍你肩膀的時候，心裡一定想著：這老奶奶連耳朵也不好使啦。」

經過朋友這麼一調侃，一行人更是哄堂大笑，我望著笑得開懷的友人們，為了出遠門，大家都使勁地梳妝打扮。每當她們揚起笑容，素白脂粉中勾勒出的滿面細紋，深刻褶皺述說了歲月的痕跡。這群人，可都是出生於韓戰前後的人了；這群人，全是經歷了戰後那篳路藍縷、艱辛時光的人們。直至今日，才總算能享受一點兒自由與舒坦。願在未來的時光裡，我們皆有祝福長伴。

鄰居老太太的建議

「你在讀冊喔。」

我和帶著孫子來到大樓遊樂場玩耍的老太太打了個照面。聽說老太太是來幫忙帶孫子的，會住上一個月左右，說是住在我們家隔壁的隔壁棟。她似乎是閒得發慌、無事可做，就向正在看書的我搭起話來。

不過攀談了兩句，隔天大白天的、她便帶著孫子到我家來玩了。她的造訪令人有些意外，畢竟我記得自己明明不曾提起「請來家裡作客」之類的邀約，但仍愉快地接待了她，想必她也很想念能夠交談的朋友吧。

我們天南地北地聊著，聊到她去年和兒子一起去了趟東南亞旅行，她自豪地說著這兒那兒有多好玩。我表示自己沒去過東南亞，只去過歐洲幾回，老太太問起有些什麼好地方，我的腦中卻一時思緒

繁雜、竟結巴了起來。

　　「因為我每次旅行的時候只去一個國家，沒有
到處遊玩，所以我也沒去過太多地方。」聽我這麼
一說，老太太吃驚地說道：「花了那麼多錢，怎麼只
去一個國家呢。」同時又講起自己認識的友人花了
多少錢，在眾多國家來來去去地到處遊歷，又遺憾
似地惋惜道，歐洲甚至比東南亞昂貴得多。「可是，
現在的我並不想去造訪一整個國家，只想遊覽一個
城市。」我這麼一說，老太太鬱悶地嘆道：「哎喲
喂，太傻了，毋通捨不得花錢，只要好好探聽，有
很多方法可以便宜地去好幾個國家的！」

　　在老太太離開之後，我這才細細地思索起何處
令我喜愛難忘。甫結束一趟旅程總是萬分遺憾，多
想再次造訪剛去過的那個地方。著名的景點或美麗
的風景固然難以忘懷，但那些有著許多瑣碎樂趣的
所在，更令人戀戀不捨。無論是遇到熱忱的好人，
或是嚐到入口即化的美食，甚至是那些特別勞頓疲
憊的時刻。我想念有著獨特回憶的地方。

思及老太太的建議，仍讓我禁不住發笑。什麼樣的旅行，會是我情願賭上餘生所有，也想要去體驗的旅程呢？

奶奶不在家

近來，每當我一覺睡醒，身體總是不若往常。與其說有哪兒不舒服，不如說就是感覺渾身有些乏力，三不五時襲來的倦怠無力，令人只想閉上雙眼再睡一會。即使如此，我仍會撐著起身，計畫下一趟旅程，在猶豫許久後買下機票。因為這趟人生旅途剩餘多久我不得而知，但無論是何種形式，我都必須走下去。

我的部落格名稱叫做「奶奶老是不在家」。

我也會掛上門牌，寫著「奶奶去巴黎旅行不在家」、「奶奶去日本旅行不在家」、「奶奶去俄羅斯旅行不在家」等等，告知訪客我目前不在家中。

總有一天，當我察覺最後的時刻即將到來，就會掛上「奶奶去天堂旅行不在家」的門牌。這麼一來，我的孩子們就不會太傷心了吧。媽媽仍在美好

的地方繼續旅行，他們一定也能這麼想。這個想法讓我一大早的無力和憂鬱都煙消雲散，只要懷揣夢想，單憑那份悸動，便感到人生值得繼續。

遺願清單

在我的遺願清單上，只有簡單的一行字。

——去一趟聖地牙哥朝聖之路。

我原以為那是年輕人才能去的地方。但某天我從電視上看到，歐洲的老爺爺、老奶奶們即使年過七旬仍能健步如飛，那我又有什麼去不得的道理呢？

在我心裡，甚至連路線都已經決定好了。從法國聖讓皮耶德波爾出發，直到聖地牙哥－德孔波斯特拉，路程約八百公里，一般人走路大概需耗時一個月，而我嘛……六十天？不，再放慢腳步也沒關係，估計約莫八十天左右吧。

然而，老伴才是問題。我將老伴獨自留在家中最多就是一個月。我不喜歡讓上了年紀的老爺子在家裡過得冷冷清清，一個人吃飯度日。無論如何，我都想和老伴一塊去。

「老伴，等你退休之後，我們去一趟聖地牙哥怎麼樣？」見我沒頭沒腦地說著，老爺子毫無反應，遲了好一會才吐出一句話。

　　「那是什麼地方？」

　　他這麼一問倒讓我一時語塞，過了好一陣子才回答：「那地方是挺遠的。」

　　聽我這麼說，老爺子又是好一陣子沒有反應。他看著電視裡朝聖者們拄著拐杖行走的模樣，又看著他們接受採訪，看得相當認真。直到節目幾乎要接近尾聲的時候，才道：「就去看看吧。」

　　要是七十歲時去不了，那就八十歲再啟程吧。我在腦海裡勾勒著老夫妻二人手拄拐杖、邁步前行的模樣，縱使走著走著出了什麼事，叫上救護車也無妨。這是我人生中僅存唯一的遺願清單。

我也很年輕

似乎有不少人認為，一旦上了年紀，只剩下雙腿會無力顫抖，心靈則再也不會激動，平靜無波。縱使年屆耄耋，只要見到美好的事物，胸中仍會怦然悸動；見到悲傷的事物，心底仍感傷痛；讀到美好的文章，也依舊令我動容。

有句話說，「旅行別待雙腿發顫時才啟程，心動的時候就出發」。我也依舊胸中悸動、活力蓬勃、青春正茂。即使晚了一些，我仍認為這句話言之有理，因為當美好的風景展現在眼前，那微微發熱並濡濕的眼角，總會讓我覺得自己活得更豐富多彩。年歲漸長，我亦欲傾瀉年輕時未能肆意流下的淚水。或許有人會認為我是任性胡來，但黑白照片中那個年輕的我至今依然銘刻在我心底。心中悸動也好、雙腿顫抖也罷，人生一切皆盡美好，因此今天的我，還在旅途之中。

上了年紀，

到哪都能厚臉皮

　　日本的某個溫泉因為頗具規模，在溫泉園區裡的舞臺上有提供歌舞伎表演。在用過晚餐、享受溫泉之後，能觀看韓國難得一見的特別演出，享受旅途的美好時光。在演出開始前，旅客們接二連三地開始聚集，圍坐在小小的桌子旁。

　　在我們前方，一群五、六十歲左右的日本男性似乎喝了點小酒，喧譁著找好位置入座。他們聽見我和丈夫之間的對話，察覺我們是韓國人，老是和我們四目相交，似乎極欲和我們搭話。

　　他們的視線避無可避，於是我迎上對方的目光，用眼神問候。誰知就在這一瞬間，那大叔沒有錯過搭話的時機，開口道：「您們是什麼東西？(당신들은무엇이무니이까?)」

　　他大概是想表達自己會點韓文，想向我們打招

呼，表示很高興見到我們的意思。

　　於是，他又再度說道：「您們是什麼東西？」

　　他唐突又怪異的提問，讓我一時不知該作何回應。而一直不願與日本大叔們對上視線、始終眼望舞臺的丈夫，此時頭也不回地答道。

　　「我們是人類東西。」

　　聽見這回答，讓我猛地爆笑出聲。對方究竟有沒有聽懂丈夫的回覆，我自然不得而知，但我實在難忍笑意，連忙逃到洗手間裡、大笑了好一陣子。

不是披頭四，

只是群釜山老太太

　　平均年齡六十五歲的五個釜山老奶奶，出發去瑞士自由行了。預計前往的貝爾福鎮，坐落於伯恩與洛桑之間的弗里堡州中，這地方就連名稱也頗為生疏。那兒有間同鄉晚輩經營的韓人民宿。我們必須從當地的交通要衝因特拉肯東站出發，歷經兩次轉乘才能抵達弗里堡，接著換乘地區列車再途經兩個站點，名為貝爾福的村鎮才會出現。

　　我們一路順利抵達車站，給晚輩打了電話。聽她描述，只要出站後再走一小段路立刻能看見住宿點，於是我們旋即出了站向前走去。然而無論我們怎麼走，也看不見類似民宿的建築物，感到怪異的我四下環顧著。顯然，是我們下錯站了，提早一站下了車。我們雖感到驚慌，但眼下也無法回頭去等下一班列車，下班車要好幾個小時後才會抵達。我

們一行人心想，既然提早一站下車，再走一站的距離也就是了；更盤算著，已經走了好一段距離，只要再走一會兒就能抵達下個車站。老人家臨時的判斷能力，大概無法比這更糊塗了。這可不是公車，而是火車；不是一站公車站，而是整整一個火車站的距離哪。

畢竟不能沿著火車鐵軌徒步行走，於是我們拐出去，走上公車行駛的寬敞車道。雖然那並不是適合行走的道路，但也沒有其他辦法，我們就這樣沿著車道旁狹窄的路肩走了將近一個鐘頭。五個小個子東方老太太，沿著周圍連一棟房子也沒有的寬闊車道，排成一列，拖著行李整齊地緩步前行，看在旁人眼裡肯定是幅奇特的情景。

那些老奶奶們究竟是從何而來，又欲前往何方？

在貝爾福鎮的車站裡設有無人自動售票機。我們停留在此地的五天裡，僅僅在這個小車站見到站務員一回，一如韓國鄉下的簡易小車站。在鐵路的平交道口，還能看見眼熟的鐵路柵欄。

「不覺得這很像我們小學前面的鐵路平交道嗎？」

　　「真的，我也這樣覺得。」

　　每天傍晚，經營民宿的晚輩都會到我們房間噓寒問暖，為了來自家鄉故土的我們，還準備了起司和紅酒，在餐桌邊舉辦了樸素雅致的派對。我們雖對她感到好奇卻來不及詢問，不想晚輩兩杯紅酒下肚，便主動聊起她的浪漫佳話。

　　晚輩夫婦二人，在釜山亞運 ❶ 時以外媒採訪記者和志工的身分相遇。當時就讀於外語系的晚輩，在現場做志工時，遇見了現在的瑞士丈夫。

　　她說有那麼一天，男方表示想在釜山走走看看，問自己能不能給他當一回嚮導，她心想也是個練習英文的好機會，爽快地答應了對方。從那一天起，直到賽事結束為止，兩人都這樣同進同出。亞運會落幕之後，即使男方返回瑞士，他們仍舊保持著書

---

❶ 二〇〇二年，第十四屆亞洲運動會於韓國釜山舉行。

信往來。愛情就這樣悄悄萌芽，直到某一天，他向她求了婚。然而當時的她，並不是能夠寬心接受對方婚約的處境。她有個小學五年級的兒子，當時她歷經了離婚的痛苦，已有了些年紀的她，正是為了戰勝傷痛才會再度開始唸書，並選擇英文作為主修，也因此有了與他相遇的緣分。她不曾想過兩人之間會發展至此，從未刻意告知對方自己的過去，以及兒子的存在，直到收到了他的求婚，她才覺得自己彷彿成了罪人，不得不將一切和盤托出。兩人經常往來的書信也就此斷了聯繫。讓她徹底死心斷念，覺得愛情也不過如此。

然而，她又再度收到了他的信。信中是這樣寫的。問她怎麼不提前說呢，自己不過是與現在的她相識、相愛而已，為了釐清思緒並稟告父母，因此這次回信稍遲，但向她求婚的心意仍絲毫未變。在當時，國際婚姻並不是能如此輕易下的決定，經過長時間的考慮，她才接受了他的求婚，帶著小學五年級的兒子來到瑞士，憑著一份愛情與信任，在瑞士這個陌生的國度落腳，舉行了婚禮。

熟齡女子精彩的愛情使我們感動無比，原來這裡也有份世紀之愛。那一晚，我們沉醉於美酒，更心醉於她的愛情，不斷高喊著「敬瑞士的美好夜晚」，一齊舉杯暢飲。

THE GRANDMOTHERS

冤　家

這是一位朋友的獨白。

「到了這兒，還真有點想念那個冤家似的老伴呢。」

另一位朋友則自言自語。

「只有我自己看到這些風景，總覺得有些抱歉。」

聽見這番話，一位已經孤身許久的朋友也添了句話。

「哎呀，我也不曉得他究竟都在忙些什麼，連這些風景都沒看著，早早就走了。」

有一種風景、一種美好，使人連想起頭號冤家都感到歡喜。

原姬幾歲惹？

　　年過四十中旬的兒子說他購入了新電腦，單純只是為了打電玩星海爭霸 ❷。

　　有一天，我到他們家去，只見兒子正在玩遊戲，兒子的兩個小毛頭則站在老爸身後奮力加油打氣。真是的，雖然又好氣又好笑，但我也無話可說，畢竟說星海爭霸是我一手傳授給兒子的也不為過。

　　我初次接觸電腦，大約是在四十五歲左右吧。從一本全裕成 ❸ 的著作《PC 通訊，一週就和全裕成一樣上手》入手，在那個年代，根本沒有什麼地方能夠好好學習，獨自捧著一本書磕磕絆絆地起了頭。

❷ StarCraft，由暴雪娛樂發行的即時戰略遊戲，在全球取得巨大成功。發行後在韓國迅速竄紅，也推動了韓國的電子競技產業，該款遊戲在韓國競技與休閒玩家中始終占有重要地位。

❸ 전유성，生於一九四九年，韓國喜劇演員、戲劇監製與作家。

當時還是電話撥接的年代，在接上個人電腦之後，還得嘟嘟嘟嘟地響上好一會才能連上線，連線的都是千里眼❹、Nownuri❺之類的網站。不多時，隨著網路轉變為廣域網路服務，才迎來了使用網際網路相對更簡便的時代。

　　我不是要論述通訊發展的過程，只是想說明，隨著電腦通信過渡至網際網路、超高速網路架設後，有趣的遊戲也隨之更加大眾化，當許多人還在沉迷於Go-Stop、MatGo❻等傳統遊戲時，我就已經開始打星海爭霸了。

　　剛開始嘗試這種3D立體遊戲的時候特別神奇，音效有如雄壯的動物聲響，令人產生彷彿要穿

❹ 由韓國電信公司LG U+的子公司MediaLog於一九八六年開始營運的入口網站。

❺ 韓國資訊技術公司Nowcom於一九九四年提供的經典論壇網站，為韓國最早的網路論壇服務。

❻ Go-Stop又稱五鳥、花鬪，為韓國的傳統卡牌博弈遊戲，其中以兩人進行的稱為MatGo。

破螢幕而出的錯覺，予人微妙的刺激感受。起初，我都是以電腦為對手進行遊戲，我最擅長駕馭、能夠穩定生產的種族是神族。星海爭霸這款遊戲，初始的幾秒鐘至關緊要，往往前期的短短幾秒便能決定成敗。無論如何，我以電腦為對手，認真地獨自練習，努力生產神族，也倍感樂趣，偶爾也能不可多得地勝過電腦幾回。這份樂趣讓我充滿自信，終究想與其他人一較高下，於是登錄了 Battle.net ❼。

一開始，由於我的神族生產速度出色，總會讓對戰玩家相當緊張。似乎都覺得這回來了個不容小覷的傢伙。不過，沒出多久，對手便能察覺我的實力不過爾爾，隨著時間推移，玩家們開始對我視而不見，甚至動輒就將我踢出對戰房。因為我的戰績已是眾人皆知了。

後來我遇到了一個玩家。他的 ID 是 Wangchow（王超），我們的對戰持續了相當長的時間，算得上

---

❼ 暴雪娛樂為旗下遊戲提供的多人線上遊戲服務，可與他人共同進行遊戲或即時對戰。

勢均力敵的對手。大概王超也是這樣認為的吧，後來上線時，只要我創好對戰房 ❽，王超就會如子彈般光速進房，有時他也會自己建好房間，癡癡地等著我上線。這樣一來二去，我倆也產生了情誼。然而這段緣分並沒能持續太久，因為王超的實力突飛猛進。如今的我，再也當不了他的對手了。他離開去尋找其他對手以提升自身實力，遊戲實力與日俱增。即便如此，當他看見我長時間待機等不到對手，偶爾會看我可憐進入房間，也會帶上我一起組隊遊玩。但時間一長，漸漸地也不能期待他會帶我一起玩了。因為讓我加入組隊，就意味著必須抱有敗北的覺悟開始遊戲。

某一天，我察覺王超和我相互對戰時，他的種族移動得極為緩慢，看在我眼裡彷彿在開玩笑似的。此時，聊天視窗裡冷不防飛來一則訊息。

「原姬幾歲惹？」

---

❽ 對戰類型遊戲會使用開房、建房等說法，開設雙方玩家可進入的遊戲房間以進行對戰。

我雖刹那有些驚慌，但也覺得太搞笑了（我的遊戲 ID 是 Wonhee）。這段時間以來，王超透過觀察我的遊戲風格與實力，大概以為我是個年幼的女孩，或者屆於國中女生的年紀也說不定。我老老實實地回答道：「原姬五十歲惹。」

很快就有了答覆。

「原姬五十歲的話，我就一百歲惹。」

我不曉得獨自在螢幕前笑了多久。在那以後，只要他察覺我在線上，就一定會跑進我的房間，拋下一句問候「五十歲的原姬你好呀～」又立刻退房；有時也會把我拉進房裡，說句「五十歲的原姬你好呀～」再馬上將我退出。那個舉動實在太過可愛有趣，即使我不打遊戲也會先上線，等著王超來找我為止。

韶光飛逝，兒子從軍中退伍回到家裡，我也將我在星海爭霸中神族的生產力祕訣傾囊相授給兒子，從遊戲中隱退了。

當時的王超是幾歲呢？在我眼中，他是個既體

貼且幽默、相當不錯的一位朋友。不見王超已匆匆二十個年頭，我也只能獨自臆測，說不定時至今日，他也已來到不懂事的五十歲了吧。

絲　襪

　　那是個要去參加朋友兒子婚禮的日子。既是難得的外出，又是慶賀新人結婚的場合，因此我在穿衣打扮上費了點心思。我本打算穿一件體面的套裝，再搭上絲襪，但卻找不著全新的絲襪，只有成堆已經穿過的襪子。那些全是我將脫線的、有問題的一隻襪子丟棄，卻又捨不得丟掉完好的那一隻，故而遺留下來的一堆絲襪。乍看之下似乎不太顯眼，但只要在明亮的地方一看，總有一邊的顏色較深，任誰看來都不成對。即使如此，我仍覺得好像尚可接受，穿了又脫，苦惱良久。

　　於是我推開兒子的房門。兒子還在睡夢之中，我搖晃他的肩膀試著叫醒他。搖了好幾下，他才好不容易翻過身，撐開了雙眼。

　　「幫媽媽看一下絲襪。」

　　他似乎不能理解我在說些什麼。

「看一下媽的腳，絲襪看起來會不會不一樣？很明顯嗎？」

他這才理解似的，用困倦又煩躁的嗓音回答。

「老阿婆的腿沒人要看啦。」

說時遲那時快，我的手掌已經扇到兒子背上了。

最後，我脫掉了腿上的絲襪，跑到離家有相當距離的超市買了新的絲襪穿出門。那天真叫人心裡特別不是滋味，過了良久都還不能消氣。

公共澡堂 1

我會在週六時去公共澡堂，總覺得每週都得好好搓一次背才感到暢快，已成了習慣。因為是週末，從夏日到初秋公共澡堂裡都沒什麼人潮，我也覺得更舒適。但一到冬天就另當別論了。

那天早上的人尤其多，搓背用的機器僅有一臺，想搓背的客人又特別多，只得排起隊來，人們都用香皂、洗髮精、潤髮乳等等替自己排著隊，但那天可是爭先恐後，斤斤計較，人們誰也不讓誰。要是只用機器搓背也就罷了，偏偏我們社區裡許多老奶奶們，總是要將渾身上下搓個透才滿意。縱使門上張貼了「搓澡機器請只用來搓背」的告示，也沒有半點用處。

那一天，我實在是等不了那麼久，但又覺得背上汗水涔涔，著實想好好搓一搓背再離開。只見一旁的大嬸也正密切注視搓背的隊伍，緊盯著是不是

有人插隊，有沒有人將自己的肥皂盒悄悄往後調了順序。於是，我小心翼翼地悄聲說道：「我們互相搓搓背怎麼樣？」

以前我也開口詢問過一、兩回，但屢遭回絕之後我就不再這麼做了。唯獨那一天，我實在心急難耐，也想盡快洗完從公共澡堂離開。聽了我的提議，大嬸先是面無表情地沉默片刻，接著便轉向我坐了下來。我也將背轉向她坐直，像個罪人似的不斷反覆說著「請幫我搓中間就好了」，也確實搓出不少汙垢。這回輪到大嬸了，但她的背上卻半點汙垢也洗不出來。

「實在沒有什麼汙垢，所以我就停手啦，不然皮膚會受傷的。」

「因為我每天都會健身後才來泡湯啊。」

大嬸自信洋溢地答道。

短短五分鐘就能解決的搓背洗浴，不曉得我們空等了多久。我也早已記不清，像這樣相互搓背的風景已消失多長時間了。當我向友人提起這件事，他們反倒意外地問我，居然還有搓澡用的機器呀，

這反應讓我大吃一驚，向他們秀出搓澡機器的圖片，友人看了之後紛紛表示「長得好神奇」、「第一次見到」、「真有意思」。看來，我也算是活得夠本，什麼都見識過了。

公共澡堂 2

　　那一天，又是前往公共澡堂的週末。客人明明不多，卻不知從何處傳來喧鬧的嘈雜聲。我沒放在心上，孰料沒過多久，喧譁聲又更大了。我抬頭一看，只見兩名看上去五十多歲的大嬸，正拉高嗓門爭執不下，不知不覺間都猛地站起身來。其中一名大嬸用手砰砰拍打著對方的胸口高聲叫嚷，對方也不甘示弱，同時朝她的胸前使勁推去。下手雖不重，卻讓她倆忍不住叫囂起不堪入耳的髒話，推擠也越演越烈。其中一名大嬸一個力不從心，「哎唷喂呀」地高喊，腳下向後一陣踉蹌。

　　「打架小心點！！！」

　　一見此景，我也情不自禁地高聲警告。公共澡堂地面鋪設的是水泥，要是跌倒該如何是好，怎麼可以打架呢？上了年紀之後，就算老老實實地什麼也不做，都有可能在公共澡堂裡打滑摔跤，鬧出意

外，一不小心就可能腦震盪。我的確是源於擔心才出言勸戒，但吐出口的卻不是「不要動手」，而是「打架小心」。我過了好一會才意識到自己的失言，獨自心下驚慌。雖然當時沒人將我的話放在心上，但說不定我暗地裡根本就是隔岸觀火，幸災樂禍。

有幾個人為了圍觀吵架鬧事，隔著隔間探出了身子腦袋，卻任誰也沒有打算上前阻攔，某個較年輕的大媽嘴角還微微彎起一抹微笑。

我再次回頭望向泡湯池。寬敞的浴場中間有一座小小的低溫池，兩旁是供人搓澡的坐式淋浴空間，進門的入口旁則是淋浴池。浴場中央的小泉池旁，能望見抱著孩子的年輕奶奶，以及給奶奶搓著背的年輕小媽媽；在她們身旁，一位彎腰駝背的瘦弱老太太，正慢騰騰地獨自清洗著身子；還有幾個年輕女子，手中蓮蓬頭往身上淋著水，卻伸長了脖子窺看爭吵；兩位背影纖瘦的女孩，則晃動著一頭飄逸的長髮淋浴。在我身旁，一位看上去比我年長少許的胖老太太，正在認真地洗著自己的身子，不曉得她給多少孩子親餵過奶水，她身上那副已功成身退

的乳房下垂著，幾乎低垂過大半個胸部。

唯獨那一天，澡堂裡的風景看在我眼裡是那麼舒暢。看上去特別和諧，既親切又溫馨，沒道理地覺得舒心。這都多虧了那兩位大嬸的紛爭。

我驀然想起往日和媽媽、姊姊一塊去公共澡堂的情景。在一九六○年代，住家附近沒有公共澡堂的人們，甚至會搭乘電車到其他社區的澡堂去。

記得和媽媽一起去公共澡堂的日子，都會被媽媽使勁搓澡，幾乎要被脫去一層皮。當時是沒有搓澡巾的年代，只能將毛巾盡量擰乾，捲起來使用。然而，若想擺脫身上累積了整整一個月的灰塵汙垢，這麼擦洗還是有局限，因此還會往毛巾裡放進小碎石裹起來。如此一來，毛巾才能真正起到搓洗的作用。

每到大節日，打數日前開始公共澡堂就會大排長龍。因為不只是每個月去一回澡堂的人，這也屬於一年才能上一次澡堂的人的時間，許多人在澡堂營業前就提早去等候，以便一開門就能立刻入場。

不僅如此，有些人為了排隊的位置不被搶走，還會出動家人們接力排隊。在這樣的日子裡，澡堂浴池中漂浮的灰色塵垢實在太多了，浴場裡的阿姨都得不時拿著網兜，進來將汙垢撈起撇去。若是在週六、週日上澡堂，不只會遇見許多朋友，也會見著朋友的姊姊和媽媽們。我只得一身光溜溜地向長輩們問好，對方也會吩咐朋友向我媽媽打招呼，一群人全都光著身子相互問候，甚至當場熟絡起來，朋友的媽媽替我媽搓背，我媽又替朋友的媽媽搓背，第一回碰面，竟然就坦誠相見地打了招呼。

當媽媽因為忙碌去不了澡堂，或是為了多少節省點支出，讓我們自己去澡堂的日子，都會對我們耳提面命、囑咐再三，叮嚀我們一定要拜託旁邊的大人替我們搓澡，絕不能隨便應付了事就回家。而長輩們只要看到孩子們上澡堂，也都會像在替自己孩子洗澡般幫忙擦背搓洗。往日的社區公共澡堂，就是這樣的風景。

哎呀呀！

那是個星期天。老伴出門參加聚會，我獨自思索著午餐吃點什麼好，驀然想起了炸醬麵。我們社區裡的中華餐館，炸醬麵一律都是 5500 韓圓 ❾，但是某一天，在距離一個公車站左右的地方，突然開了一家只賣 3900 韓圓的炸醬麵店。我披件外衣就出了門，當作散步慢慢地走去。直到我站在了炸醬麵店門口，這才心中大呼不好，摸了摸口袋。哎呀呀！竟然忘記帶錢包了。我只得掉頭，再次徒步一站的距離回家。腹中越來越飢餓，或許是因為撲了個空沒吃著，想吃炸醬麵的念頭愈加鮮明了。回到家裡，我連忙找到放有銀行卡的手拿包，帶上它匆匆出門，又走過一個車站。飢餓的信號陣陣傳來，我不知不覺地加快腳步，都有點喘不過氣來了。

---

❾ 韓國的法定貨幣。1 韓圓約等於 0.023 新臺幣。

炸醬麵店開著門，但門口的玻璃窗上卻寫了幾個斗大的字樣「現金價 3900 元」。哎呀呀！一般來說，我都會在錢包裡放一張一萬韓圓紙鈔應急，偏偏那天包裡沒有鈔票。我瞬間洩了氣。本想就此回頭，但走了這麼遠的路又萬分不捨，於是悄悄地推開門，和裡頭的工讀生對上了目光。

　　「炸醬麵，不能刷卡嗎？」

　　女孩帶著微妙的神情搖了搖頭，我又是不好意思，又怕自己被對方當作可憐兮兮的老人家，不覺口中唸叨著：「現金都在家裡……。」工讀生沒有回話，只是揚起一抹令我感到心煩的微笑。

　　我空虛失落地轉過身，心裡盤算著「沒辦法，哪怕是 5500 塊的麵也得吃著」，一邊往家的方向走。現在再也不是什麼散步了。我整個人沒精打采，餓得腳下虛浮。在我找到另一家炸醬麵店之前，眼前望見一家二十四小時營業的超市，我便胡亂買了兩袋炸醬泡麵，回家應付著煮來吃了。

　　隔天，我挾帶著一雪前恥的復仇之心，和想吃炸醬麵的一片丹心，下定決心又前往炸醬麵店。然

而，與昨天不同，麵店門口貼著一張白紙，「今日休業」。我的腿又沒了勁。

隔了一週之後，我再度造訪炸醬麵店，身上有五千元紙鈔，萬元紙鈔也有好幾張。數度確認錢包帶在身上。店面在營業中。我心情愉悅地點了碗炸醬麵。

雖然這碗麵的外型望眼即知是 3900 元的品項，但我仍心滿意足。才剛舀上一口，哎呀，趕緊停手先脫下了大衣和圍巾，要是炸醬麵的醬料噴濺到大衣或圍巾上，那可就麻煩了。這是我圖謀了多久才到口的 3900 元炸醬麵吶，我連醬汁都刮得乾乾淨淨，碗底朝天，隨後慢條斯理地穿上外衣、披上圍巾，再帶好錢包，悠悠地踏出了炸醬麵店。

十一月的天氣清朗，肚子填飽了，腳步也從容自得。我正不疾不徐地慢步走著，身後卻隨風響起了某個人的叫嚷聲。我不以為意，漫不經心地繼續走，但那聲嘶力竭的嗓音仍不停傳來，我這才回身張望，似乎有個人為了攔下我正邁步急奔。

「錢～～～～～啊～～～～～！付錢～～～～！

咳咳⋯⋯。」

　　我也大驚失色，連忙朝著跑來的那個人狂奔過去，說不清我跑得有多急切，連腳都拐了。哎唷，居然連帳也忘了結，光顧著填飽肚子了。

　　「我不是故意的、真的不是故意的。」

　　我連連低頭道歉，掏出錢來。或許女孩也知道我絕非本意，嘴角又掠過了一絲笑意。

勇敢如我

○○○○○○○○○○○○○○○

　　當時是我搭乘公車回家的路上。因為是午後離峰時段，公車上相當寬敞，特別舒適。我不知不覺就打起盹來。

　　沒過多久，一個大叔粗嘎的嗓音使我睜開了雙眼。就在我眼前，一名體格魁梧的大叔朝著司機大叔不知高聲大嚷些什麼，胳膊上的紋身赫然映入眼簾。

　　是黑道嗎？

　　我用畏懼的眼神窺看著，旋即將視線轉向窗外。

　　紋身大叔依舊蠻不講理。

　　「為什麼不讓我下車，我問你為什麼不讓我下車！」

　　他不停放聲吼叫，重複著叫人不快的話語。

　　面對紋身大叔不當的言語暴力，司機大叔什麼話也沒說。直到抵達下一個停靠站，公車前門打開

了。沒有乘客上車。

司機大叔只說了一句話：「下車！」

但紋身大叔嚷道：「你說啥，給我下車，你這傢伙我叫你下車，在這裡給我下車，你、我呸！」他猛然高舉起手臂。

司機大叔身子蜷縮了一下，但紋身大叔也不下車，兩人這般僵持不下，司機大叔只得關上車門繼續行駛。公車的速度不同尋常，我心想，司機大叔八成也動怒了。

紋身大叔似乎大白天的就喝多了，言行舉止都很粗暴，不停折磨著司機大叔。我回頭瞥眼望向公車內部，盼望有誰能出面勸阻。然而，當時並不是上下班通勤時間，絕大多數乘客不是大嬸，就是像我一樣稍微上了點年紀的人。所有人都對此視而不見，只是緊盯著窗外。

紋身大叔光是嘴上辱罵好像仍不解氣，最終伸手就要去抓司機大叔的衣領。一直觀望著情況的我，此時也不由自主拉高了嗓門喊道：「紋身大叔～～～！你不能對司機大叔這樣！車子不是還在行駛

嗎！！！」

這時我才聽見，坐在我身後的中年大嬸細聲唸叨著：「大白天就知道喝酒，嘖嘖……！」

紋身大叔嗖地轉身，面朝我倆的方向：「你講啥！你這大嬸，蛤！」朝坐在前排的我掄起拳頭，眼看就要揮拳打人。我驚嚇不已，口中說著：「媽啊～」慌忙縮身躲避，說時遲那時快，公車唧——地急煞，停了車。

紋身大叔一陣踉蹌，砰地摔了個四腳朝天，沿著公車的走道往車後滑去。一路忍讓的司機大叔匆匆下了車就往某處走去。這裡既不是停車場、也不是公車站，我還以為司機大叔忍無可忍，扔下公車就跑哪兒去了。看著在走道上跌跌撞撞，為了起身不停掙扎的紋身大叔，我只感到毛骨悚然，心想大事不好。然而，沒過多久，兩名警察上了車。

我這才明白，原來公車停靠的地方就在警局正前方，警察們很快便將紋身大叔拖走了。司機大叔向乘客們道了歉，又回到駕駛座上。接著他看向我，給了我一個難為情的笑容，說道：「奶奶很勇敢

呢。」我也微笑以報。

　　稍微冷靜下來後仔細一想，在這混亂之中，紋身大叔衝著我喊「大嬸」，但司機大叔卻直接了當地稱呼我「奶奶」。我再次低頭審視著自己的模樣，心想著，還是紋身大叔的措辭中聽得多啊。

第三章

漸漸變老
真是件
不錯的事呀

代　溝

　　春節，兒子一家人登門拜訪。足足四個小時車程的距離，明明一、兩回不來也沒關係，但他們總是一次不落地如期來訪。來時永遠雙手大包小包，一只二十八吋行李箱、一只二十四吋行李箱、外加小的行李袋，連兩個孫子也都背著各自的背包過來。四口之家帶回來的行李，足堪去歐洲旅遊一個月。

　　相差兩歲的兩個小毛頭，說是精力充沛也未免太過頭了，沒有安靜下來的一天，兒媳婦確實辛苦了。每回回家，兒媳婦都會和公公、婆婆談天搭話，捎來些新話題。先是說孩子們纏著要買倉鼠，最後也買給他們了，但倉鼠實在太能長；下回再來的時候，說倉鼠長得太快太大隻，一邊說著自己害怕，還一邊打了個寒噤；再下一回回來，又說有一天倉鼠逃脫了，實在找不著那傢伙究竟躲到哪去，將家裡翻了個底朝天，鬧得人仰馬翻。

若說倉鼠總能在孩子之間擁有絕對的人氣，那麼近來，貓和狗更是受到所有人的喜愛。

　　比起父母之於子女，過去對血脈至親的絕對愛護，現今則是更重視個體、自身的個人主義時代。如此一來，能夠自由經營、享受生活的未婚期間逐漸拉長，結婚的年紀也漸被推遲。縱使結了婚，也有越來越多年輕夫婦並不願意將自己的時間割讓給子女，更希望專注於彼此。當今時代裡，獨身、獨酌、獨食 ● 等等新造語不斷派生，如日常用語般頻繁被使用。

　　獨酌、獨食並非年輕人的專利，也適用於老人家。子女不再與父母共同生活，或者父母不再倚賴子女，獨立生活的趨勢日漸盛行。然而無論是年輕人或老年人，孤身一人總是寂寞的。這麼一來，在那孤單的位置旁，小狗、小貓便成為良伴。

　　在我年幼時，老鼠還隨處可見。貓是負責趕跑

● 韓國傳統觀念強調團體，普遍不會獨自用餐，若單獨內用容易引人側目，許多店家更未提供一人份的餐點選項。近年個人主義盛行，獨食、獨酌文化在年輕族群間逐漸蔚為風潮。

老鼠的角色，狗則會在陌生人出現時放聲吠叫，起到保護主人和住家的作用。但不知從何時開始，牠們不再只是單純的寵物，現在的牠們已擁有超越寵物的稱呼，被稱作伴侶動物。這年頭，牠們無須再撿食主人吃剩、掉落的少許食物，搖身一變成為炫耀著自身標緻好看又小巧可愛的狗主子、貓主子。牠們能穿上漂亮的衣服，擁有與自己尺寸相符的專屬座位，頭繫緞帶、身穿 T 恤，屁股也能套上短褲或好看的裙子。這些柔弱幼小的毛小孩總被主人緊抱在懷裡，吃著主人親手餵的食物。看到那可愛的模樣，人們每每喜愛得不知如何是好。

在早晨或傍晚的散步途中，每遇見三個人，其中一人往往就帶著自己的寶貝毛小孩。我驀然想像了起來。如果未來我能再活三十年，活到一百歲，屆時又會是什麼光景呢？或許會有人吐槽「哎唷，太可怕了，要活到一百歲呀？」也說不定。反正只是假設，也並非全無可能。

在我小學時期，一個班級分配了六十人，教室仍不夠用，甚至曾經有過上午班、下午班，得分成

兩班上課的日子。聽說，現在一個班級最多也就二十到二十五人左右。按照這個趨勢，三十年後、班上連十人也不到的機率有多高呢？說不定可愛靈敏的貓貓狗狗們，會取而代之地坐在教室裡，陪同人類的孩子們一起學習、上課吧？啊，因為語言不同，可能行不通。那麼，只要讓人類的小孩學習貓咪和狗狗的語言就可以了，如此一來，或許也會造就新興的產業呢，例如狗語補習班、貓語補習班等等。

　　呼，我走得太超前了嗎？

請給我敬老優待

某天，我得知了即使是旅客，在海外也能適用年長者優待價格一事。無論是劇場、博物館、美術館，亦或在購買交通票券時，我們都會堂堂正正地說出 "We are seniors（我們是年長者）"，主張自己的權利。在波羅的海三小國、愛沙尼亞的塔林、拉脫維亞的里加等地，我們都能夠使用敬老票價。每當取得優惠價格，即使只是一筆小錢，心情總是很愉快。

有一回，在立陶宛的維爾紐斯，我們依然想當然爾地想使用敬老優待。然而，票口的大嬸卻打量著我們、噎地笑了出來，那笑容可不怎麼讓人感到愉快。更令人糟心的是，她跟一旁的職員你一言、我一語，嘻嘻哈哈地笑出聲來，接著對我們說道："You are very young（你們還很年輕）!!"

後來，我們才曉得，當地從七十歲起才算年長。

啊哈，這裡果然是高齡化社會，我們似乎被當成一群處心積慮、貪圖廉價票券的東方大媽啦。儘管如此，那句 "You are very young" 還是讓我們開心地笑了。只要能夠一笑置之，無論什麼情況都令人愉快。

　　雖然，現今韓國從六十五歲起就能享受敬老優待，但我認為在不遠的將來，老年人的門檻就會升級到七十歲，畢竟高齡化社會是全球的趨勢。更甚者，不知我們是否會迎來連七十歲也脫離不了年輕人行列的世代，可真令人擔憂。

大嬸戰力滿分

在上班尖峰時段的公車上，不知不覺間，車內已經載滿乘客。突然間傳來一個年輕女子響亮而尖銳的嗓音，緊接著則是一個略帶年紀的女人聲音。單聽嗓音，我猜測大約是五十來歲吧。從我所在的座位，無法在人滿為患的公車上看見那兩道嗓音的主人翁，只能聽到對話的聲音而已。

女子：「你幹嘛推人啊？」

大嬸：「啊……、啊……。」

女子：「我叫你不要推！」

大嬸 ：「我沒有要推你、毋過後面的人一直擠……。」

女子：「那你就抓緊一點啊！！」

大嬸：「我是想要抓住啊。」

直到這一刻，大嬸的聲音都還沒什麼底氣。在兩人沉默片刻之後，大嬸的聲音陡然拔尖、高出整

整一個八度。我想，她可能也怒火中燒了。

　　大嬸：「毋是啦，公車裡那麼擠、身體稍微碰一下嘛是有可能，就算你按呢講……。」

　　女子：「是你推我欸！！」

　　大嬸：「我又不是刁工想推你的，後面的人擠進來，我嘛無法度啊！！！」

　　女子：「那你也該先道歉、說對不起吧！！！」

　　女子也拔高了嗓門。但是，要用音量壓制一個已然火冒三丈的大嬸，那是不可能的。

　　大嬸：「我想要甲你會失禮，你是有給我機會道歉嗎？你毋是馬上黑白發脾氣、甲我大細聲？逐家攏是透早要上班的人，真讓人受氣！」

　　女子：「那是因為大嬸（這樣那樣這樣）……。」

　　大嬸：「好、好了，煞煞去～，甲我恬恬、莫講廢話～，啊不然～我給你好看！！」

　　女子：「……。」

　　大嬸，勝！在滿是乘客、擠得喘不過氣來的公

車裡，沒有一個人膽敢在兩人之間插嘴。明明將兩人的爭執聽得一清二楚，但大家不是直盯著手機、就是凝望著窗外，佯作若無其事。又或者像我一樣，在心裡暗自竊笑也說不定。

畢竟是上班尖峰時刻，會推擠到別人、也難免被他人推擠。就像我，在找不到座位時、沒能握住把手時，或者抓住了把手、卻沒能穩住重心的時候，也會跟跟蹌蹌地推撞到他人。每當這種無可奈何的時刻，往往只要年輕人斜眼瞅我一眼、眉頭一皺，我在感到萬分抱歉的同時，也會覺得難過。心想，怎麼就不能忍讓點、非得給人臉色看呢。

結束了義大利的旅行，回返家中的路上，我在仁川機場搭上開往釜山方向、停靠首爾站的列車。由於我行動緩慢，因此已經盡可能留下了充裕的移動時間，但偏偏那天時間分配不當，不得不在匆忙中乘車。我想將行李放進行李放置區，但那裡已經滿滿當當、沒有半點空間了。我沒有選擇，只能把行李拖到座位，費勁地想將行李放到行李架上。因

為個子不夠高，我只得脫下鞋子、爬上座椅，使盡力氣抬高行李，奈何行李實在太重、我抬到一半就使不上力了。放下來又嘗試好幾回，仍是徒勞無功。幸好我的座位鄰近走道，我權將行李歪歪斜斜地卡在腳下，就這樣撐到了釜山。

在把行李卡進腳邊之後，我這才坐下來環顧四周。車內座位已坐滿了，大部分都是年輕的男女。有人全神貫注地盯著手機，有人閉目休息，也有人在和同行者交談，大夥都專注在各自的事情上，就連在這麼狹小的空間裡，眼見一個媽媽級的長輩吃力地抬著行李，也沒有一人伸出援手。這樣的現實讓我內心震撼。

同時，這也不由得和幾天前遇到的義大利青年們形成了對比。雖然在我出發時，曾經耳聞義大利有許多扒手，惡名昭彰，需要特別小心，但一碼歸一碼，我在那兒遇到的每一個青年，看到我拖著行李箱上下階梯時，無不一把提起我的行李、主動表示要幫忙。我自己便遇過好幾回。

在俄羅斯也是如此。因為是社會主義國家，照

理說應該會更害怕與謹慎才是，但每當我拖著行李箱走在路上、出門在外需要上下階梯時，大部分年輕人都會主動走上前來、欣然提起行李。當然了，也或許是我運氣好，才碰巧遇見那些善良的青年們。

我將這個故事張貼在某個網路論壇上，也因文章底下的眾多留言大吃一驚。能夠理解我想法的留言並不多。多數人都認為這無可厚非，也有「為什麼不開口具體請求協助呢？」的回覆。更讓人訝異的是，竟還有留言說道「把這麼多人一竿子打成壞人，到底什麼居心？」我這才首度認知到，五〇年代出生的人的感受、和時下年輕人的感受，究竟有多麼不同。

我也還清楚記得一則長篇的回覆。那篇留言表示，他能夠明白我想表達的初衷、也會試著理解，並說明現代的年輕人大多秉持個人主義，故有此反應，嘗試讓我不要產生誤解。我很感謝這位留言者的好意。

但所謂的個人主義真是這樣的嗎？看到年邁的

女性手提沉重行李、吃力地經過身邊時，自然地、又或半反射性地走上前去，問一句「需要幫忙嗎」、或是「我來幫忙」這樣的舉動，真的是背離個人主義的行為嗎？

在此之後，我偶爾也會向孩子們提問。
「如果你看到老奶奶提著很重的行李經過，會去幫忙嗎？搭公車的時候，如果看到老爺爺、老奶奶上車的話，會讓座給他們嗎？」

然而，現在連這類提問也該自制了。

像犀牛角一樣獨自前行

我搭上公車。此時是下午三點左右，車裡的空間相對寬裕些，座位上滿是穿著校服的學生。眼見正好還有個空座位，我滿心歡喜地趕緊坐了下來。公車駛過兩站，我瞧見一位拄著拐杖的老爺爺吃力地上了車，腳步蹣跚地往車裡走。我原本沒想起身，轉頭望望車內，想看看學生之中誰會讓座，卻沒有任何人主動站起來。眼見此景，我仍執拗地坐了一會，結果誰也沒有起身讓座。手拄拐杖、顫巍巍站著的老爺爺，在搖晃不已的公車裡看起來極其危殆。無可奈何之下，已屆古稀的我站了起來。

起身之後，我又再次掃視一遍車內，學生們全都盯著手機、沉浸在另一個世界裡，因此壓根沒看見在地球的現實之中，有個老爺爺正舉步踏入車中。他們鍵入自己的安全碼作為出入證明，通過那面以玻璃製成的出入口，前往另一個深遠無垠的宇宙，

正享受著殊死搏鬥，無暇顧及眼前。

因為只要限定的時間一到，他們就必須放下手中的一切，從玻璃棺中的世界回到這個地球上。由於他們的注意力全都集中在自己必須離開的那一刻，只願關注自己要下車的那一站、只能留意那一回的廣播通知。

並不是學生們素行不良、或是沒有受到好的教育。而是除了生活著老人的這個世界以外，這些孩子在另一個世界也擁有他們的家園，而且是一個充滿魅力的世界。

現今，老年人已不該期待會有誰來保護，也不該期待子女、或者世界為你伸出援手了。即使腿腳不靈便，我們也要像犀牛的獨角一般，默默地、獨自堅強前行。

喂、美國老師

　　每週一回，我會到文化中心上一次自由會話的英語課程。不是因為我的英語有多好，只是礙於有兼職在身，除了那個時段之外實在沒有辦法出席，這才選擇了這堂課。雖然有些猶豫，但我一看到課程簡介裡寫有 「旅遊英語」，便鼓起勇氣遞交了申請。在學員中，自然是我的年齡最長，多數人似乎都比我年輕十到二十歲左右。

　　剛開始上課的時候，每個人要輪流用英語嘗試表達自己想說的話。當時，電影《國際市場》❷正當紅，我也看過電影，覺得內容很有意思，為了表達電影的故事與心得，我用有限的能力做足了準備。輪到我時，我瞥了一眼事先準備的筆記、不流暢地

---

❷ 〈국제시장〉，二〇一四年上映，描述一九五〇年韓戰後，五十年間韓國小民在大時代中顛沛流離的故事。

說了起來。我談到電影很有趣，正要談及礦工與護士的故事時，老師卻冷不防地打斷了我的發言，語調堅決地說道：「你認為那是事實嗎？那些都是虛構的。」同時一臉荒謬地嗤笑起來。我慌張地脫口而出：「是真的。」然而，按我的英語能力，若沒有提前準備根本難以組織出一句話，只是在一瞬間的激動之下，硬生生地將單字東拼西湊，吐出了一個句子。然而，她再次開口道：「我也了解歷史，我讀過日本出版的書。」讓話題戛然而止。

我很清楚這位美籍老師的母親是日本人、父親是美國人的背景。我很想再次開口解釋，但老師決然的神情和流利的英語讓我不禁氣餒、舌頭也打了結，一時啞口無言。我希冀能從比我更年輕、英語更流暢的同學那兒得到幫助，但任誰也無意開口、沉默不語。一時間，我感覺自己忿而漲紅了臉。該說是惱羞成怒嗎？我感到既難堪又憤怒。畢竟這是一部電影作品，即便為了娛樂效果加入一些虛構的內容，背景也是基於史實的，但大夥竟全都默不作聲。聽課的學生大部分是四十歲後半、五十歲出頭

的年紀，難道他們也都像美籍老師一樣，認為《國際市場》是完全虛構的故事、認為我們的過去從未有過這些歲月嗎？我對他們的沉默感到扼腕，對自己的英語能力不足、無力反駁感到委屈，二者加乘之下、我甚至氣得撲簌簌流下了淚水。

回到家中，我打定主意在下次上課時絕對要告訴老師我沒有錯，花了整整一週時間搜尋資料、翻譯成英文，謄寫在筆記本上、再一一背誦下來。緊接著隔週，我下定決心、有如一位死士奔赴課堂。

然而從那天起，自由討論改成老師每次隨機指定三、四位同學發言的方式進行，縱使我想方設法、拚命尋找說話的時機，但那天老師似乎看穿了我的心思，連正眼都不瞧我一眼。要是我的英語再更好一些，肯定能找出好時機打斷話頭、引導對話，然而以我的英語能力而言根本是癡心妄想。那一天，整整一小時三十分鐘的課程，我只感覺怒火中燒，根本聽不進半句課。我的朋友貞彗，當時赴德國擔任助理護士，親身經歷了那些事件；我朋友的哥哥則是在德國當礦工，將錢寄回來補貼家用，那時我

們都曾看到年輕韓國礦工在坍方的礦坑坑道中遭到活埋，後來有幸得救生還的新聞報導……。我沒好氣地在心底暗暗咒罵。原來我也有這樣一份深厚的愛國之心，這可真是萬萬沒想到。

從第二天起，我就不再去上課了。對於自己被當作分不清事實與虛構、沉溺在往日愁緒中的昏庸老奶奶，還有在那狀況之中、選擇閉口不言的同學們都感到憤怒。直到許久後，我才逐漸解開心中的誤解，當時他們的英語水平也難以與英語老師抗衡，多半也是無可奈何的。

我依然渴望糾正那位年輕美籍老師的錯誤認知。只可惜束手無策。

上年紀也沒什麼

年歲漸長，總讓愛情變得黯然失色。某個人對一個上了年紀的人好，比起愛情、興許更接近哀憐。若有人對年紀漸長的你視若無睹、甚或仇視鄙夷，千萬不用感到悲傷或憤怒。因為他討厭的並不是你，只是憎惡年華老去、肉體的衰頹罷了。

思念的，

我的她

在第一本書《奶奶去巴黎旅行不在家》出版之後，我先後參與了三、四次的採訪和廣播節目，也上了兩次地方的電視節目。我算準播出時間、打開電視等著開播，直到節目開始播映……，出現在螢幕裡的那個老太太到底是什麼人？我望見了一個陌生的自己。我驚慌地關掉了電視。那個老太太真的是我嗎？為了上電視，我到美容院做了頭髮、也讓造型師幫自己化了妝，怎麼反而更奇怪了呢？有位不是我的某個老太太，在電視畫面裡絮絮叨叨地說個沒完。

我就像後腦杓挨了記悶棍似的，帶著恍恍惚惚的心情翻出了一本陳舊的老相簿。往日的她在哪兒？驀然間，思念無限。終於，我在滿是陳年霉味的老相簿中找到了自己。不、其實在相片裡的也已不是

我，承載其中的，只是今日的我想念的那個她。見
到思慕的她，我的淚水倏然奪眶而出。

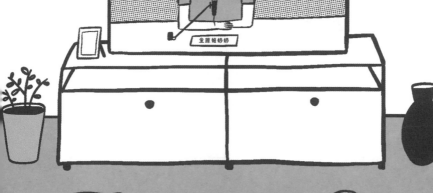

那是最好的選擇了

　　我們往往眷戀那條未行之路，有時也會感到欣羨。每當我深感腳下的路途坎坷、疲憊不堪時，便會思索著早知如此，不如選擇那條坦途，肯定會更輕鬆。然而，若我們真正踏上那條道路，是否會比此刻更艱辛，又有誰能知曉呢？

　　回顧來時路，有時我也會為做出選擇的那瞬間捶胸頓足、後悔莫及。早知道再忍一時、早知道就徹底放手，懊惱著當時若怎麼做、現在就能有所不同，有時自責，有時也會怯懦地歸咎他人。但是，待韶光流逝，靜心反思，我終能領悟，我過去的決定，就是當下的最佳選擇了。

　　我們的內心，都潛藏著保護自己、免受危難的生存本能。當我在某個時刻做出某個決定，自身的保護本能就會發出信號，警示我若做出另一種選擇，未來將是吉凶未卜。一定是因為這個信號在剎那間

響起，成為我們前進的力量。

　　因此，我們無須追悔，相信自己過去的一切決定，都是當下最好的選擇吧。因為時間仍不斷向前，從不回首。

有些病痛也依舊美好的年紀

　　我在護照到期前六個月左右就前去申請換發。負責的職員詢問，近來新推出的護照有兩種，一種較薄、一種較厚，問我要選哪一種。我毫不猶豫地答道：「請給我輕薄的。」人一旦上了年紀，就討厭厚重的東西。

　　我總禁不住輪流比對舊護照和新護照裡的照片，十年前與十年後的照片中，揉合了那段流光歲月。表情稍嫌僵硬了，下巴有些下垂了，眼睛不太對稱，法令紋也更深了。攝影師大叔掛保證，說他會替我修得漂亮些，也多虧了他，照片看上去總算多少年輕了些，然而也讓人再次體悟，十年的光陰，待人終究算不得慈悲。

　　在護照剛拿到手的時候，我還曾看著效期感嘆「距離二〇一九年還剩下整整十年呢，二〇一九年到期以前，要努力多多旅行」，當時的我認為，屆時

我應該已經結束了海外旅行計畫，迎來在家中安享晚年的時光。然而，至今的我仍在計畫著下一趟歐洲旅遊，思及於此，便想到我已年屆七旬，再往下想，便思考起我未來的年齡、我將至的年歲，對我個人而言是否幸福，對國家而言是否有益，對子女而言，又是否值得引以為榮。

　　每兩年都要做一次國家健康檢查。我尋思著不如這次先跳過好了，卻老是接到聯繫電話。先是國家健康體檢中心打過來、接著是國家癌症體檢中心。不僅如此，就連那些我曾留過一回個人資訊的醫院，也親切地聯繫、提醒我要進行健檢。健康檢查是免費的。我現在生活的國家就是如此美好。

　　我七十歲了。我琢磨著，活到這把年紀是不是有些病痛也無妨。對於那些正因疾病受折磨的人們，這或許是個無禮又可憎的話題。確實，由於現在的我身上未有任何嚴重為病痛所苦之處，才能說出這種話。我僅僅是容易疲倦，早上起床時會有些微乏力；有時會驀然一陣暈眩，搭公車時偶爾會無故暈車，長時間低頭看書、再次抬起頭時會瞬間頭暈目

眩；因為有腰部的狹窄症與輕微椎間盤突出的症狀，長時間站立或行走時腰部會疼痛；腿也會不時發麻而已。到了老年，疾病可能隨時找上門來，或者隱隱約約、似病未病地滲透進疲乏感之下，直到某一天才露出兇惡的真面目、表明它就在身邊。

是啊，我只是單純地認為，到了七十，或許是有些病痛也無妨的年紀吧，也是應該順其自然地接受肉體上些許不便的年紀。世上萬物總有新生，被創造、被使用、被利用後逐漸老化，老化的東西再由新的物件所取代。這就是自然的道理，我只是接受了它。

我並不想在子女的心中，親手建造出歉意和愧疚的墳墓。若無意如此，我就該充實地度過自己精彩的人生。不是為了子女無條件地犧牲奉獻，而是去實踐我想做的事、品嚐我想吃的食物、看遍我想看的風景，在我所擁有的環境中暢享生命、愛護自己直到最後一刻。讓孩子們見證我如此熱愛自己的人生，足以自信地說出：「我的父母已經充分享受過人生，爸媽的一生真的很不賴。」

在櫻花凋零之後

老伴從房中出來，說道：「聽說某某過世了。」

「天啊⋯⋯怎麼會？幾天前你們不是還有聚會，那時他沒來嗎？」

「有來啊，他沒說什麼，晚餐也吃得很開心⋯⋯。」

那是丈夫的老友，和我也熟識，在年輕的時候，這位老友待我們一家特別親切。老伴向友人們告知了這個噩耗。

「哎唷，有人是去了首爾來不了、有人是腿腳不舒服不能來⋯⋯。」

老伴連連咋舌，他那副模樣，實在太過若無其事了。當我問起，他怎麼不去趟殯儀館弔唁，他只淡淡地說「明天去也行」。過了幾個小時，我再次問道：「老伴啊，某某過世了，你心裡都沒什麼感覺嗎？」

老伴什麼話也沒說。雖然他平時就寡言，但親近的朋友猝然離世，他那副神情和無動於衷的態度，對我而言實在有些衝擊。過了許久，他才好不容易開口回答。

　　「伊本來就有些老毛病啦。」

　　這句話就是全部了。

　　是老了。我是指情感上逐漸乾枯淡漠了。若換作年輕的時候，不，即便只是十年前，或許都會更積極地想為老友多做點什麼的。

　　來到這個年紀，我們曾送別親戚好友和兄弟姊妹，也見證許多人的離去。每當經歷這種時刻，難免受到悲傷渲染，同感傷痛，心口得難受幾天幾夜。或許正是因為當時傾注了許多，如今那些豐富的情感似乎都不復存留，多少殘餘的感性，只能在歲月的風化中消磨乾涸。我也不得不承認，總有一天我也會隨後踏上這條道路。

我們能夠轉世重生嗎？

我有位身體不便的朋友。出嫁後經歷了艱難的時期，在四十歲出頭，緣由不明的風濕症發作攻擊了她的肉體。那次襲擊使她的胳膊和手部萎縮、腳也無法正常行走。儘管如此，她還有家庭和她摯愛的一雙兒女。子女們正直優秀地長大茁壯，使她倍感幸福，也給她帶來生命的驕傲，而他們也在不知不覺間就超過了適婚年齡。

朋友的夢想，就是親眼看到兩個孩子締結婚姻、成立家庭，美滿度日。因此她既找過婚姻仲介，兒子也相了好幾次親，這才得以結識心儀的緣分。兩人心意相通、也論及婚嫁，並籌備了兩家父母相見的場合。她盡可能打扮得體面，帶著喜悅和些許激動的心情，出席了相見禮❸。

---

❸ 韓國傳統婚俗，指雙方家長齊聚、初次拜會，討論婚禮相關事宜，為結婚的第一階段。

那天，女方的父母一見到她，態度旋即變得冰冷，直到結束都不願意開口說一句話。這門親事就此告吹。

　　幾天後，朋友對我說了這樣的話。

　　「看來我一直誤會了，我以為自己要活得長長久久，才能照護好孩子們，所以才用這副軀體倔強地撐了過來，現在想想，我似乎反而成了孩子們未來的絆腳石。我忍不住會想，我這樣活著就阻擋了孩子們的前途。」

　　說到這兒，她再也沒能說下去。然後她沒頭沒腦地說了一句話。

　　「我們一定會在來世重生的，對吧？要是不能重生的話，我真的太委屈了。」

老奶奶學生

　　作為地方數位化講師，我已經在區公所和社會福利中心等機構服務很長時間了。到我這個年紀，選擇退休的大有人在，但在老人福利中心工作，從十多年前開始，來聽課的學生全都比我還年長。由於陪伴著彼此一起老去，也產生不少共鳴，我並不覺得疲乏，感覺還能教學好一段時間。

　　老人福利中心的韓文班有許多老奶奶來上課。在過去，她們都是因為貧困、因為生為女性，便只能隱身在兄弟背後照顧家庭的一群人。她們是只有在遲了稍許、又或者遲了數十載的歲月，才能體會到閱讀樂趣的人們。

　　偶然路過時，從微微敞開的門縫中窺見她們上課的模樣，那景象真是美妙。有時她們會跟著老師唸誦文章，那個朗讀聲尤其美好。有時在電梯中偶遇，我也會和她們聊上兩句。滿布皺紋的臉龐、粗

厚的指節、瘦小的身姿，為了出門依舊勤勞地在兩頰上略施脂粉、抹點口紅，她們飛揚的神采述說著，那段時光是何其快樂。

極限職業 ❹

　　在一般文化中心或里民活動中心或許也有這個
現象，但在福利中心、尤其是老人福利中心裡，老
奶奶遠比老爺爺多得多。一如男女平均壽命所示，
女性壽命較長，因此大部分課程都是如此，老奶奶
的比重占了絕大多數。雖說如此，但在電腦課程上
總是男學員多於女學員。爺爺們與奶奶們不同，多
半沉默寡言，上課時間總是安靜異常。有時不只是
安靜、甚至可說有些陰沉了。在這種時候，就很需
要講師的才智和幽默，可惜我沒有那種才能。有時
我也想搞笑一些，東拉西扯地胡說一通，但反應總
是冷淡。我們這個世代的父執輩多數時間都不苟言
笑，因此我索性放棄課堂氛圍，專注上課。

- -

❹ 韓國時常將「相當極端的」職業稱為「極限職業」。近來在綜藝節
　目上高度使用，意義更為廣泛，具高度危險性、高度專業性、或
　者異常辛苦的職業都能這樣稱呼。

某一天，一位總是神色嚴肅、穩重的老爺爺，在製作文件時打錯了「福利」這個字，而他本人似乎絲毫未覺。於是我點了出來。

　　「老師 ❺，您打錯字了。您少打了『福利』的『ㄨ』❻。」

　　他這才察覺犯了錯，安靜地露出一抹隱約的微笑。這下，終於讓我撈到一個好點子，可得好好借題發揮一下。

　　「各位，請注意，大家可以慢慢打沒關係，請正確地輸入文字。如果『福利』這個單字裡少了『ㄨ』的尾音，有可能會被我檢舉喔。」

　　聽見我的話，大夥都瞪大了眼、露出笑容。這就是最大的反應了。要讓上了年紀的學生在臉上揚起笑容，就是這麼困難的一件事。我從事的職業，是如此艱難的啊。

---

❺ 在韓國，一般可將長輩尊稱為老師。

❻ 由於韓文為拼音文字，故有可能漏打尾音，與中文注音打字少打聲母雷同。

在今天看來，

我就是電視購物主播了吧？

　　一位朋友打來電話，要我趕緊打開電視，說是某個節目正在販售化妝品，且還是破天荒的低價，要趕在售罄之前打電話訂購。聽見朋友這麼說，我勤奮地打開電視，看到商品價格後立刻透過電話下訂。世界變得真美好啊。何況，不只是電視購物如此便利，比起電視、我還更常透過網路購物，商品配送也很迅速。

　　隨著網路的發達普及，催生出許多新的職業，但也有許多職群消失。最快銷聲匿跡的大概就是推銷員了。直到一九七〇至一九八〇年代都還是推銷員的全盛時期，在當時，新聞上甚至會報導業績當紅的人月收入多少、銷售王等等。

　　我也曾是一名推銷員。我推銷過自修講義、英

語錄音帶、書籍等等物品。我喜歡書，故覺得值得一試，當時我以為我既能夠和顧客暢聊書籍，也能彼此分享讀書樂趣。然而，沒過多久，我就明白了喜愛書籍和販售書籍是截然不同的兩回事。

我必須要敲開陌生人的家門，且絕大多數的家庭都不願開門；我需要前往陌生的社區，挨家挨戶地敲門或按門鈴，往往敲了十戶、才會有一戶願意開門。夏天必須在烈日之下徒步行走，在冬天裡則連腳都會被凍傷。

那是個特別寒冷的冬天。我來到一個富庶的社區，住家的圍牆都格外高聳。那些被高牆環抱的房屋，在我眼裡就像一座座的小城堡般，令我實在沒有勇氣按下門鈴。我在門前探頭探腦、猶豫許久，放棄了好幾戶人家。然而，只見某一戶人家的門竟微微敞開著，於是我鼓起勇氣用力推開門、走進門裡。一座寬敞而靜謐的庭院出現在眼前。

「有人在嗎？」

我用細微的嗓音詢問著，卻毫無聲息。於是，

我再往庭院裡走了幾步，看見房屋客廳寬大的窗戶緊閉著。我再靠近兩步，大聲地呼喊道：「請問有人在家嗎？」

就在這瞬間，一隻有小牛般體格的巨大惡犬，不知從哪裡蹦了出來，怒聲吠叫著一路狂奔而來。我都沒來得及退後，那條狗就猛地高高跳起，狠狠咬住了我的大腿。我不由自主地發出淒厲的尖叫，窗戶倏然打開，一個大嬸衝了出來，扯住拴著狗脖子的鐵鍊，厲聲訓斥。那條狗雖然鬆開了嘴，但仍衝著我咆哮了好一陣子。

多虧天氣寒冷，無論是內衣或褲子，我都厚實地穿了好幾層，因此沒有看到血跡。大嬸瞪大了眼睛，盯著我這名陌生的入侵者，使我不禁滿懷愧疚。

「啊，因為我看到門開著……。我是銷售員，想問問您有沒有需要什麼書……，真的很抱歉。」

我滿腦子只想趕緊離開。

「應該是幫傭阿姨說要去超市，才暫時把門開著。外頭天冷，你先進來吧。」

我就這樣沒頭沒腦地闖進別人家、被狗追咬，

無端端將人家平靜無波的生活弄得雞飛狗跳，心裡頭只想著趕緊離開。但與複雜的心緒相反，我的身體卻老老實實地跟著大嬸進了屋。

家裡只有大嬸一個人在，客廳非常寬敞。但即使客廳這麼寬闊，依舊暖和得熱烘烘的。我腦中不禁想著，這得要燒多少燃油才能如此溫暖呢。

我像個罪人一樣正襟危坐，幫傭阿姨倒了茶水過來。大嬸勸我喝點熱茶、又問起我的腳有沒有事，我這才回過神看了看大腿。表面上看來沒有任何狀況，但內部似乎有些滲血，我能感覺到內裡的保暖褲緊黏著身體。雖然如此，我仍表示自己沒事。而我竟就此當場賣出了三十本成套的大百科辭典。當時的我，才開始當推銷員沒多久，這還是第一次售出這麼大一套書籍。她甚至不是分期付款，而是一次性結清。

她說，「年輕人為了賺錢度日，真是辛苦了」。在那當下，我壓根不認為那句話是一種同情，反而為了自己能斬獲這樣的成果，感到自豪與高興。我向組長報告了我的收穫、組長也同聲歡呼，連忙叫

我不要直接回家，要我到公司一趟、請我吃飯。我
這才想起自己的腿。現在可不是忙著蹭飯吃的時候，
我得看看自己的腿怎麼樣了。我感覺血跡似乎又滲
出了一點，保暖褲和外層褲子緊貼著身體的範圍，
好像又更廣了些。

　　回到家一經確認，發現傷口正如我所感覺到的，
褲子內側與保暖褲都因為滲出的鮮血和傷處緊緊沾
黏在一起，疼痛無比。傷口的位置就在右膝蓋的正
上方，我不禁暗自慶幸。要是恰巧咬傷了膝蓋，說
不定事情就嚴重了。血跡凝結在一起，周圍都已起
了瘀青。我用酒精消毒、擦拭傷口，眼見那道被利
牙穿透的傷痕，瞬間感到毛骨悚然。狗的牙齒竟然
如此銳利，能一次刺穿這麼厚的褲子和保暖褲嗎？
心中震驚的我，連忙把剩下的酒精滿滿地倒在大腿
上，將傷處擦拭乾淨，在出血的位置塗上紅藥水，
並盤算著得趕緊去醫院打一針破傷風。

　　我的女兒當時才三歲。原本是相當柔弱溫順的
孩子，但唯獨那天怪異地哭鬧不休，想要伸手安撫

她、卻一碰就嚎啕大哭。晚餐時，母親已經做好了美味的飯菜，我便幫忙張羅餐桌。母親在飯桌前悠悠地說了一句：「我佇咧煮晚餐，這囡仔毋知影為什麼一直番，把一整瓶醬油都打碎了，醬油味有影重，到現在都還有味道。大概有一半都灑在衣服上了，我要幫伊清洗、伊卻哭鬧著不要，哎唷喂呀。」

啊……，我又再次成為了罪人。

為了讓孩子上床休息，我幫著她換穿衣物，但她仍畏縮地哭得厲害，只見她的皮膚上好像長了什麼，於是我拉開她的內衣查看。渾身像是被什麼條狀物刮傷了似的，處處都是一條條紅色的刮痕。不僅是上身，連腳上、屁股上也都有痕跡。我吃了一驚。

「這是怎麼了？」

「奶奶……。」

雖然說是三歲，其實孩子也才剛過周歲 ❼ 而已，

---

❼ 韓國一般以虛歲計算，出生即一歲，每過新年便會長一歲，因此年紀算法會比足齡大一到兩歲。

正是慢慢開始學說話的年紀。我悄悄把大兒子叫過來，問了問實情。

「奶奶幫我們洗澡的時候，說她一直哭都不聽話，就用毛巾……。」

母親的手勁非常大。我的淚水瞬間奪眶而出。

雖難忍淚水，但在那一刻，我並沒有多厭恨母親、或者生她的氣，只是一時間想起了母親有多麼疲憊、多麼勞累。家事繁重、堆積如山，孩子們又惹事闖禍，看來她當下也是難忍怒火了。我給孩子敷上了藥膏，孩子嘴裡哼哼唧唧地說疼，在媽媽的輕撫安慰之下，這才慢慢睡著了。

這真是吃力的一天。即使如此，我心間仍充滿了微妙的安心感。雖然這一天差點就釀成大禍、落到淒慘的田地，但終究是沒有人住院、也沒有發生需要手術的災禍。我輕輕打開母親的房門，她結束了疲憊的一天，終於能歇下勞累的身軀，正安穩地打著鼾。真是萬幸。

我想起，明天又要開始新的一天。明天的我，

又得將孩子和家務託付給母親、出門工作，是母親用她的一天換取我的明天，讓我能夠去從事我的工作。丈夫也會像往常一樣去上班，縱使他的崗位薪資並不多也穩定地賺取、累積，而我的腿、和女兒的傷痕，也會隨著時間的流逝而恢復。

有時我也會想著，要是我再晚點出生就好了。為什麼那麼急著想要快點來看看這個世界呢？要是晚個四十年出生，或許我就會出現在電視上了也說不定。

我稍微想像了一下，一位風華依舊、但已稍顯年紀的電視購物主持人的一天。上了年紀，不僅能看到事物的表面，也能看到光鮮背後的一面。或許，她也會感嘆著終於結束了戰爭般的一天，安心地期待明天吧。

老伴就和媽媽一起度過溫馨時光吧

　　燙好頭髮，洗好棉被晾曬起來，整理好抽屜和衣櫃，將除濕機搬到各個房間開啟除濕。老伴問道：「旅行的東西都準備好了？」

　　「哪有什麼好準備的，你，是巴不得我早點出發對吧？」我的內心多少有點過意不去，於是耍起了嘴皮子：「我會先做好幾個小菜放在冷凍室裡，你拿來做拌飯吃吧。」

　　和婆婆一起生活，已經超過四十年了。在一個屋簷底下同住了四十年，婆婆終究是婆婆。縱使我已經快六十歲才真正開始長時間旅行，還是不禁得看婆婆的臉色。說是長時間的旅行，其實也就是二十來天、最多到一個月的行程。但對我而言，作為留給自己專屬的時光，已是很長的時間了。

　　我絞盡腦汁想著該怎麼對婆婆說明，我要離開家那麼長一段時間。最後只能找了藉口，說自己要

去給獨自在首爾生活的女兒做飯，順便替她處理積累的家務；又或者推說要去兒子家裡，替他照看孫子們；有時也會拿老朋友們約好要團體出遊、不宜只有我一人缺席當作理由。我擔心謊言曝光，總會縝密地拜託丈夫，也再三叮嚀兒子、女兒，要是接到奶奶找媽媽的電話，可得好好解釋、別讓奶奶察覺。

　　就這樣過了一段時間，在我都沒來得及開口之前，婆婆便問起：「今年什麼時候要出門？要去幾天才回來？」一瞬間，一個想法在我腦中一閃而逝：啊！原來婆婆都曉得啊。也是，那麼顯而易見的謊言，她大概早就察覺了吧。從婆婆的語氣中感覺得出來，她內心也在期待著我出發。是啊，我怎麼就沒想到呢？我又不是什麼溫柔聽話的年輕小媳婦，而是早已年過六旬、一把頑固老骨頭的老兒媳了。她能久違地和兒子兩人一起，坐在沒有兒媳婦的餐桌上吃吃飯，度過屬於兩人的溫馨時光，也是不錯的選擇。當婆婆偶有幾天不在家時，我也是多麼輕鬆舒適啊。而我，怎麼就先入為主地認定，婆婆肯

定看不慣兒媳婦不在家中呢？

　　自此之後，每當我準備出門旅行，就再也不需要撒謊了。只消對老伴說道「和媽媽兩個人一起度過溫馨的時光吧」，便能如釋重負、心情愉悅地啟程。

　　反倒在婆婆過世之後，我心裡就放不下老伴。讓他一個人孤零零地生活一個月似乎太漫長，總讓人感到過意不去。也許是我自己的錯覺吧，每當老伴參加聚會、外出旅遊幾天才回家時，他似乎也覺得獨自一人出門有些抱歉。但我的內心反而很享受這段時光。看來，凡事都有必要轉換個立場思考呢。

作為一名根西島老奶奶度日怎麼樣？

我一鼓作氣地看完了小說《親愛的茱麗葉》❽。甫出版時就看了一遍，後來又多讀了兩遍，我就像被小說吸引了似的，來到根西島。

根西島是英國海峽中數個零散島嶼的集合體，屬於海峽群島中面積最大的島嶼。它也是第二次世界大戰中，唯一遭到占領的英國領土。在德國的侵占之下，島上與外界的聯繫遭到斷絕，如此與世隔絕、歷經五年的時光。德軍從當地居民手中奪取食物與飲水，也不允許任何聚會。根西島的人們被剝奪了自由、只能挨餓度日。

《親愛的茱麗葉》的故事，正是講述身在這種處境之下人們的故事。某一天，一個居民暗地裡偷

---

❽ 美國女作家 Mary Ann Shaffer 與 Annie Barrows 著於二〇〇八年的小說，描述一名倫敦女作家在根西島的際遇。亦曾於二〇一八年翻拍為電影《真愛收信中》。

到一頭豬，他找來親近的鄰居，幾戶人家偷偷聚在一起殺豬分食，卻不慎超過了七點鐘的宵禁時間。在他們返家途中被德軍發現、受到審問，當時一位名為伊莉莎白的年輕女性，靈機一動地推說眾人是在結束定期聚會──根西馬鈴薯皮派文學讀書會──回家的路上，藉此成功渡過危機。文學讀書會就這樣當場成立，而眾人為躲避德軍的視線，證實不是謊言，只得定期辦理讀書會，為了聚會不得不開始閱讀書籍。大字不識幾個的一幫人，每天忙於下地種田、殺豬宰牛、與書籍毫無關係的人們，為了將自己的謊言化為真實，只能認真讀書，更在無比艱困的時局裡，陷入閱讀的樂趣之中。這個故事告訴人們，藉由書與摯友，我們或能擁有「不同的生活」。

我們落腳的民宿，是離根西島市區有段距離的鄉村農家。一推開門走進宿舍，就可看見一間小客廳與水槽，客廳外還有一座露臺，能夠將寬闊的庭院和村莊風景盡收眼底。爬上一座狹窄的木頭階梯

就能通往二樓，樓上是備有床鋪的小房間、以及老舊但潔淨的浴室，整體是一棟獨立住宅。

　　據說，海峽群島是長年受溫暖的墨西哥灣流照拂、深受祝福的土地。墨西哥灣流是北大西洋上沿著北美沿岸往北流動、世界最大的一道暖流，因此，雖時為二月，天氣卻相當暖和，晨間的空氣尤其新鮮甘甜。有時是明媚的陽光透過露臺的窗戶灑進屋中，有時是雨水的味道沾染著農家的氣息流入屋內。啊，那些人就是在這樣的地方開了文學讀書會啊。

　　我們在靜謐的農村小徑上信步走著。一如每一座島嶼村落，石牆小徑圍繞著低矮的屋舍，家家戶戶都在石牆上刻了門牌。曾經完全與世隔絕、得不到任何保護的根西島，現在充滿了和平寧靜。狹小的道路上隨處可見無人的馬鈴薯小攤，眼睛如銅鈴般大小的溫順牛隻見到陌生來客，便紛紛聚集在一塊。渺無人跡的農家之間，只有一輛貼著「POST」字樣的白色小轎車到處穿梭，為各家各戶送上問候。

　　在狹窄的小徑上有家小小的洋裝店，應該叫裁縫鋪吧，還能看見老奶奶坐在窗邊縫紉的模樣，那

風景真有如一幅畫。從第二天起，只要我途經這間店，我總不忘往裡頭張望，一來二去，也和店裡年輕的阿姨對上了視線。看來這是老奶奶和女兒一起經營的店鋪，女兒在店裡望見我們，都會揚起歡暢的笑容。

這家裁縫鋪從早上十一點營業到下午兩點，唯有週三和週五才會提早些九點開門。我看見一種與掙錢毫不相干的生活。與店鋪相鄰的一戶房舍，大小相仿，仍舊空著。我驀然有種想法，覺得那兒要是有家書店就好了。

「不如我來開間書店吧？」

我自言自語般地向女兒說道。我想在每天早晨和裁縫鋪的老奶奶一起喝杯茶，聽她用沉靜的嗓音述說根西島往日的故事。女兒則調侃我：「那媽得努力學英文了呢。」

在這個鄉間農村裡只有唯一一家餐館，我們睡了個懶覺、悠悠哉哉地閒逛，這才為了吃午餐找了過去。入口的門上貼著一張畫有五顆星的海報。午

間營業兩個小時、晚間則營業三個小時，週六、週日是不開門的。門外沒見到太多人進出，我們自然而然地以為沒什麼客人，一走進店裡，這才大吃一驚。那氣氛就是種無聲的喧鬧，彷彿整個村落的居民都聚集在這裡了。年輕的店長替我們帶了位，問我們是不是從韓國來的。他認得我們？看來這村子本就太小又太平靜，哪怕丁點大的消息也會傳遍整個根西島。我忽然感到一種幸福，像是腦內啡❾在體內竄動似的。在這個靜謐的島嶼村落之中，我與女兒二人的旅行每天都很安靜，萬萬想不到能見到這麼多村民。

　　與我們相鄰的圓桌邊，坐著五位和我年紀相仿的老奶奶。她們已經結束用餐正在喝茶。女兒說道：「看來奶奶們今天過節呢。」我也不由自主地露出微笑。在這個小小的鄉間村落，來到村中餐館的五人全都身著正式的裝束，甚至腳穿皮鞋、手挎皮包。

---

❾ 又稱內啡肽，動物體內自行生成的類嗎啡生物化學合成物，能使大腦有幸福感。

那模樣實在是可愛又有趣。

　　看來女人之間的閒聊在哪兒都相去不遠，老奶奶們輕聲細語地交談、全壓低了聲音一同笑了起來。雖然我一句也聽不明白，但偶爾還是會有遊戲、卡片等單詞飄進耳中，看來她們聊著卡牌遊戲歡笑不止。即使不能肯定我的猜想是否正確，但我的嘴角還是揚起淡淡的微笑。我也想加入她們的對話、一起談天說地，或許也可以教她們玩東洋的卡牌遊戲。我想 MatGo 無論是教導、或是學習都不算太困難，在這美麗的根西島上，一起來一把 Go-Stop 也不錯。

　　結束午茶時間、一齊起身的老奶奶們走到櫃檯結帳，她們全都各自分別結算自己的帳款。看見這副模樣，我又不禁揚起笑容 ❿。

　　「我就是為此而熱愛閱讀：一件小事使你對一本書感興趣，接著那件小事將你帶往另一本書，然

---

❿ 在韓國，聚會時由年長者或上司請客已成慣例，即便是朋友之間往往也會由一個人統一買單，鮮少分別結帳。堅持自己結算帳款反而會被視為生分，甚至不合群。

後書裡頭又一件小事將你帶往第三本書，就這樣曲折前進……沒有止境，除了純粹的樂趣之外，完全沒有其他理由。」

—— 《親愛的茱麗葉》

瑪麗‧安‧薛芙、安妮‧貝蘿絲，遠流出版。

　　所以我才喜歡讀書。書中自有一個小天地，書中描寫的那個地方，有天空、土地、餐廳、火車站和人們，有隱密的愛戀與冒險。那裡是什麼樣子的？讓我有如孩童般充滿好奇，對該處滿懷憧憬，催生前往該處的夢想。那不僅是能夠撫慰疲憊人生的時光，在某個時刻，我更能體會身處該地的喜悅。

　　此刻，我在根西島，擁抱喜悅的瞬間。

若有來生

　　坐落於諾曼第左近，位在英國海峽正中央的小島薩克島，也隸屬根西島管轄。要前往薩克島只能透過水路，從根西島乘船、約莫五十多分鐘就能抵達，關鍵在需要有海風和水域的幫助。薩克島目前的人口數約有三百多人，我之所以會得知這個島嶼，全是因為在 Facebook 上，看見了 Shiva Ryu ⑪ 詩人的一封信。

　　「我在薩克島上書寫這封信，這是位於法國諾曼第附近、飄浮在英國海峽正中央的一座小島，亦是首座受到國際暗天協會 ⑫ 選定為 『國際暗天公

⑪ 류시화，出生於一九五九年，為韓國詩人、作家、翻譯家。
⑫ International Dark-Sky Association (IDA)，位於美國的非營利組織，以減低光害、光汙染，恢復黑夜與星空為使命。為暗天運動最重要的國際組織。

園』 ⓭ 的島嶼。」

　　光是寥寥數行文字，就充分了我前往薩克島一探究竟的理由。暗天公園薩克島，是一個沒有人工光源的島嶼。是從法規上禁止汽車行駛，任誰也不能將車輛帶入，只允許馬車、耕耘機和自行車通行的島嶼。

　　一抵達島上，我們就被安排前往村中，但等著我們的代步工具，是輛連門扉也沒有、只有簡單的座椅，不像馬車、也不是耕耘機的運輸車。

　　在進入村中、前去民宿的路上，有一幢小小的石板屋，在屋外的石牆上掛有香港上海銀行 HSBC 的招牌，招牌底下整整齊齊地排放著五、六臺自行車。在這樣的鄉間居然設有國際銀行的分行，讓我們倍感神奇，不禁停下腳步探索似的觀察著。一位身穿紅色連衣裙的小個子女子騎著自行車經過，旋

⓭ 經查英屬薩克島為受認證的 「國際暗天社區」，原文應為原作者 Shiva Ryu 在 Facebook 上發文時誤植，後文描述 「暗天公園」 皆指 「暗天社區」。

即吸引了我的目光。在這小島村落之中，竟然會打扮得這般端莊卻又以自行車代步，這陌生的形象立刻令我著了迷。在我們一路找到村莊盡頭、前往民宿的途中，那位女子從我們面前經過兩回。直到她與我們近距離擦身而過，我這才察覺她是位上了年紀的老奶奶。看起來有些駝背，不曉得是真的個子矮小，還是因為背部嚴重佝僂才給人這種印象。隔天，那位老奶奶依舊是一身紅色連衣裙、騎著自行車，從我們面前經過了三回。我們沿途信步走著，發現路旁一扇漆著乾淨白漆的木門前，停靠著這位老奶奶的自行車。

「看來這裡就是老奶奶的家吧。」

我感到既新奇又有趣、既好奇又憐憫。她是否在此地出生？是否一生都生活在這座島嶼村落之中？她結婚了嗎？我直覺地認為她目前似乎獨自生活。驀然間，我不禁思索，她的精神是否健全？這位老奶奶令我產生了各式各樣的想像。雖說如此，她看似並不寂寞，說不定、其實是我對她那樣的生活抱持著憧憬吧？

我們踏進一座極小的教堂，裡頭懸掛著李奧納多‧達文西的名作《最後的晚餐》。教堂前方的簡易墓地裡，碑石保留了尖銳原石模樣、毫無雕琢，歪斜地側身立著，像在閃避著吹倦了的島風。

進到民宿，感覺彷彿置身英國貴族居住的領地，民宿老闆盛情款待了我們這群遠道而來的客人。他說，我們可以透過擺放在民宿裡的天文望遠鏡觀察夜空，但那一天的天空尤其澄澈，幾乎不需要天文望遠鏡。村中小路旁沒有一點人造光源，因此夜空也更加深沉，在我們頭頂閃爍的星星彷彿如手掌般碩大。能夠在這個歲數，造訪如此獨特的地方，這一刻，我感覺自己已來到此生旅程的巔峰。

我不禁想著，倘若下輩子出生在此地，甚至在這海島垣牆之中安度一生也不賴，就在這夜空格外漆黑、繁星尤為瑩亮的村落裡。照射著自然的光，跟隨著宇宙的真理，單純地度日生活。與擁有純真眼瞳的牛隻為友、耕田犁地，結束一天的勞動之後，沿著夜空下、星光與月色照亮的村中小徑前去讀書會，與喜愛閱讀的村民們，同聲朗讀書籍。偶爾，

在大雨傾盆的日子裡，也和村民們團聚在一起，啜飲著熱茶、擲下幾枚銅板，三不五時來上一把Go-Stop。

　　為何直到這把年紀，才產生這樣的想法呢？過去總想著要更拚命工作賺錢；想給孩子們過上更好的生活、更好的學習環境；想住更大的房子、追求大家都在追求的東西；總想著至少能拚到那樣的生活就好了。過去那樣疲於奔命的日子，倏然都顯得徒勞，在如此汲汲營營之後，留下的竟只有我越來越短暫的餘生時光。

活到一百歲，也要拉起行李箱

　　旭日東升，天色由熹微漸漸敞亮，從窗口透入的陽光燦爛耀眼。啊，已經過了十點了啊。但我仍不想離開被窩，躺著瀏覽相互關注的部落格好友頁面，在社群上閒聊了一會。沒什麼朋友的我，在這把年紀還能過得不孤單，也是多虧了這群部落格好友。比起長年熟識的友人，我還擁有一群部落格好友、讓我更能輕鬆坦然地說出心裡話。在我年輕時，不、應該說就連四十幾歲的時候，也萬萬想不到會有這樣一個世界，想不到自己也能擁有這樣的朋友。

　　今天，老伴早早就出了門，趕赴首爾參加友人兒子的婚禮。當然，他是趁著我熟睡時出去的，說巴士上會統一發放早餐。睡得淺的老伴，總趁著一早我仍在夢鄉時便去社區裡繞一圈，忍受不了空腹的他，也會大清早給自己做份吐司果腹。畢竟，一

大早把老婆叫醒、就為了填飽自己的五臟廟，這可不是對待老太太的道理。至少得有這點常識，老夫老妻才不至於鬧到卒婚 ❹。

　　洗衣機在幫忙清洗著衣物。等待衣物洗好的時間，我坐到了電腦桌前。從冰箱裡掏出年糕、用微波爐加熱到軟嫩，配上一杯熱咖啡，就權充了今天的早餐。我又不禁思索著：上了年紀，可真舒適啊。

　　另一方面，心裡也有些愧疚。因為我察覺，此刻的我之所以能如此從容，都是從婆婆過世之後才開始的。婆婆離開後，我們夫妻倆就各自分住一間房間，反正它們空著也是空著，就這樣，轉眼四年了。

　　本來就不愛外出的婆婆，年紀漸長之後更是深居簡出。每當她在家中，「又在用電腦？不吃午飯嗎？你都用不著吃飯呀？這時間還沒起床？這麼晚還不睡？電費很貴呀」等等，瑣碎的嘮叨便日漸增多。或許，以婆婆的年紀來說不過是想念朋友，這

---

❹ 在日韓風行的婚姻新型態，上年紀後老夫妻不離婚，但可能分居、互不干涉彼此的生活。

才想和我們多聊兩句而已。雖然理智上能夠理解，但終究無法像現在一樣，舒心地打發時間。我很晚、可說是太晚才長大懂事，甚至不禁覺得，婆婆和這樣的我一起生活，應該也相當辛苦吧。話雖如此，我並不曾懷念那些嘮叨。對今日的我而言，仍需要完全的自由。

雖然我午覺睡得多，早上也愛睡得晚，但想讀的書、想看的東西、想書寫下來的實在太多，晚睡便成了常態。和老伴睡一間房的時候，一口氣連看好幾集電視劇這種事，更是癡心妄想。一旦老伴進入夢鄉，我便只能看著眼色，降低電視音量，直到他輾轉反側幾次，發出讓我關掉電視的信號，我也只好無可奈何地作罷。而今，我終於能夠隨心所欲地看個過癮了。共同生活多年的婆婆過世，和老伴各自分房之後，現在我終於獨立，在我的房裡隨時有電腦、有電視，也有書籍相伴。我可以盡情收看我想看的節目，想閱讀多久就閱讀多久，也能把好友的部落格逛個痛快。

但我也並不是成天遊手好閒，若無所事事地虛度退休生活，那實在太浪費光陰了。在追求自由的同時，我也要發展我的工作。沒錯，從現在開始，我是以自由工作者的身分活動，能夠居家工作這點也很棒，即使報酬微薄也無妨。為了子女、為了家庭，必須兢兢業業賺取金錢的人生已經遠去，我只需要為了自己勞動，也只需要簡單的報酬。

　　若在部落格上發布文章，藉由廣告連結所能換取的廣告收益微乎其微，不、應該說不值一提；我接受各種研究機構邀請進行問卷調查，所得的車馬費同樣微不足道；偶有出版社邀請我閱讀出版書籍、撰寫評論，每本的報酬僅 10000 韓圜 ⓯，不過這些書籍的價值遠超於此，閱讀同樣是我的收穫；還有許多廣告的提案，雖不是什麼天價，但都是我能夠自由選擇是否接受的工作；還有像這樣出版書籍等等，在在都令我樂在其中，不受任何人干預。

　　不僅如此，處處都是自由工作者的收入來源。

⓯ 約等於新臺幣 200 多元。

兒子會找我幫忙照顧孫子，有時是做一天的幫手，也有時會待個三、四天，作為年邁的祖父母，有機會去看看孫子自是一大樂事。縱使上了年紀，父母能為子女們做點什麼，永遠是件愉快的事情。照看完孫子回家的路上，兒子會補貼我一些辛苦錢，這又是一筆不無小補的收入。既能看看孫子、又能賺取薪資，可謂一石二鳥。獨自生活的女兒也會找我幫忙，去她的住處大掃除、替她做點小菜再回家，女兒也會在我離開時補貼車馬費和零用錢。

我從不認為這一切是年邁父母的犧牲奉獻，而是召喚著老年的我的職場。還有多少工作崗位會需要我們這些老人家呢？這是既值得感恩，也是給自由工作者帶來收入的所在，不可小覷。

我認為老年時光並不適合縱情揮霍、恣意酣睡玩樂，當今既然被稱為百歲時代，那麼未來的我也還要再活上三十年。這麼長的時光，該做些什麼才好？有些人在志工活動中找到自己生命的意義，有些人卻認為做志工是自討苦吃的差事，一切都隨自

己心中的信念而定。我相信這麼一句話，人心自有宇宙，要如何看待事物與環境，要如何思考並採取行動，都是一己的選擇。

　　我的每一天，總是充實而飽滿，沒有乏味的一刻，我也要持續自由工作者這份工作，直到做不動的那一天為止。只要雙腿還有力氣，不、縱使稍微乏力又如何，我依舊能找到適合我的道路，也會繼續我的旅程。

　　難道這樣不精彩嗎？活到一百歲，也能夠拉起行李箱，坐在電腦前書寫不輟，從事自己的工作。縱使被認為是不切實際的夢想也無妨，因為只要我們還在做夢，那一刻便仍是生命的延續。

相親35次，
煩到離家出走逃去美國，
最後卻變成僧侶回來了！

英月／著　涂紋凰／譯

逃跑並不可恥，而且有用！
笑中帶淚的人生奮鬥故事！

二十九歲的年紀，許多人煩惱著工作、愛戀、友誼、親情，我卻在相親路上屢敗屢戰：直接開口就要我生下兒子當繼承人，aka生產工具一直生；提出一個月能否和朋友外出聚會都還要考慮一下，aka金絲雀養成記；有著刻薄領班幫傭像要與女主人展開決戰，aka逆境求生實境live。相親之戰，戰到最後唯有出逃才是解方！

我是英月，家中經營寺廟，曾在金融業上班，領著旁人欽羨的高額薪資，過著今朝有酒今朝醉的生活。然而，某種空虛感不停襲來，

「活下去的意義是什麼？」「有什麼可以滿足我的人生？」

也在一次又一次的拒絕中，找不到歸屬感。
在各方的壓力以及被逼到絕境後，我選擇了出逃，憑藉著「This is a pen」踏上了陌生的舊金山，一待就是十年。年輕在這裡不是武器。一切重新洗牌！做過餐酒館服務生、主持人、CM拍攝、語言學校櫃台人員、年菜製作等，也在這塊土地上，有了不同的相遇。以為再也不會回到日本，卻在為朋友的愛貓舉辦喪禮的機緣下，重新認識佛教，從中體悟了人生。

真情推薦

彭樹君｜作家 專文推薦
Kaoru｜「哈日劇」FB粉絲團版主
Linn｜旅日部落客、Podcaster
Miho｜日本觀光線上雜誌MATCHA總編、
　　　　《東京 時時刻刻》作者
山女孩Kit｜作家

石芳瑜｜作家、《閱讀的島》總編輯
林日日｜造型料理作家、日日.甜甜 版主
明太子小姐｜明太子小姐生活旅遊日記
黃斐柔｜作家
曾寶儀｜作家、主持人

退而不休

內館牧子／著　緋華璃／譯

不能拋棄自己的驕傲。
即使是「過去的人」，
肯定也有能讓自己自豪的立足之地！

由NHK大河劇王牌編劇內館牧子所著，
2018年日本著名導演中田秀夫翻拍成電影，
知名演員館廣、黑木瞳、廣末涼子等主演，
在日本開出票房佳績。
望這部感動導演、感動百萬觀眾的作品，也能深深感動您！

一直走在菁英路線上的田代壯介，退休後仍滿懷凌雲壯志，有著不服輸、不認老的倔強。參加健身房、至文化中心上課、考取研究所、二度求職等，好不容易要展開璀璨的第二人生時，卻又發生天翻地覆的改變。

當生命走到退休的十字路口時，工作、感情、家庭、生活，一切都無法如所想的那樣……。前半生奉獻給職場，後半生再也不是「安享天年」說來那麼容易。

日本人氣「退休」小說，討論熟年迎接人生下半場的多種狀況，更深處是談逃脫舒適圈的不安與抗拒，及「找尋容身之處、實現自我價值」過程中的碰撞、掙扎、選擇與體悟。

追求自我肯定與歸屬感，為每個人都該面對的生命課題，
不單只向退休人士推薦的小說，而是每個人生階段都值得一看的作品。

獻給所有「正在」或「可能」深陷退休迷宮的你──。

深情領航

老黑｜退而不休實踐者
丁菱娟｜影響力學院創辦人、作家、創業導師
李若綺｜弘道老人福利基金會 執行長
華天灝｜《不老騎士》導演

對岸

安田夏菜／著　緋華璃／譯

貧窮不是放棄的理由。
失敗與成功的界線是什麼？
我們究竟是幸福，還是可悲呢？

魚躍海闊
鳥行天空

只是在荒涼人世裡，一直躲在陰暗的角落，
躲得太久了，久到遺忘了游泳或飛翔的方法。

★第59屆日本兒童文學者協會獎
★貧困報導大賞2019特別獎
★2019年德國白烏鴉獎

我搖搖晃晃地爬上天橋，眼前是寬闊的國道。
無以計數的車子川流不息地疾駛而去。好像河流。
既然沒有容身之處，乾脆就這樣隨波逐流，漂流到哪裡算哪裡。

因為活著所以掙扎，所以迷惘。
人與人之間有著層層隔閡，這一側與那一側到底有什麼不同？
同情別人的人，意識不到自己散發出來的氣味。
只有被別人同情的人，才會察覺到那股氣味。
不同成長背景與身分的人能夠有真正理解彼此的一日嗎？
自在飛翔的鳥與悠遊的魚兒，難道就沒有任何的煩惱嗎？

考入名校中學卻因故轉入公立中學的少年和真；
家中以領取社會福利金維生的少女樹希；
不擅言詞而學習落後的混血男孩亞伯；
三個懷抱著各自的問題，摸索未來出路的中學生，
在現實的壓力與荒謬中，試著尋找機會，期望成為彼此的光與救贖。

真情推薦

徐敏雄｜臺灣夢想城鄉營造協會理事長 專文推薦
台灣芒草心慈善協會
洪仲清｜臨床心理師
陶曉嫚｜作家
賴芳玉｜律師
顧玉玲｜作家、社運工作者

我在你身邊

喜多川泰／著　緋華璃／譯

百萬暢銷作家，最動人全新力作！
「我是為了告訴你『愛』是什麼，
才被創造出來的。」

感人熱淚！！
提示你如何走出青春／人生迷霧的小說
給少年維特一個大大的擁抱

★上市即再刷，熱銷狂賣破萬冊！
★日本百萬國民作家【喜多川泰】出道以來最感人作品
★日本亞馬遜書店滿分五顆星，讀者熱淚推薦！

隼人不明白，去學校到底有什麼意義？念書又要做什麼？
他只喜歡踢足球不可以嗎？
⋯⋯升上國中後，彷彿全世界都在跟他作對，鬱悶無處發洩。
柚子說，很多大人也是這樣？

──少年與人工智慧的相遇，改變了他「悲慘」的命運。

令人淚流不止，為你帶來活出自我的勇氣！
史上最醜萌的人工智慧「柚子」，會為隼人的生活帶來什麼變化？隼人的許多疑問，一定也深藏在大家內心。否則，怎麼會那麼好哭？不只國中生秒懂，年過半百的大叔也涕淚縱橫！

青春非常耀眼，卻也充滿各種不安。叛逆、霸凌、讀書考試、夢想、未來、戀愛、生死離別等，面對接踵而來的疑惑，擁有萬千知識的機器人，給出唯一的解答是⋯⋯？

親師教養名人，感動推薦

Choyce｜體驗式教養達人
王浩威｜精神科醫師、作家
村子裡的凱莉哥｜親子部落客
宋怡慧｜丹鳳高中圖書館主任
沈雅琪｜資深教師（神老師&神媽咪）

凌性傑｜作家
陳安儀｜知名親子作家
樂樂&樂爸樂媽｜超人氣實力童星
盧蘇偉｜世紀領袖教育基金會創辦人

小黃女運將

小野寺史宜／著　黃薇嬪／譯

2019本屋大賞TOP2《人》
作者小野寺史宜奉上青春熱血佳作！

獻給所有在職場上盡力而為的人
願今天辛勤工作的每一個人都能更靠近幸福

「妳為什麼選擇開計程車？」
「我希望女性乘客能夠安心搭車，所以立志成為計程車司機。」

高間夏子，23歲，是剛畢業就被分配到東京都內營業所的菜鳥計程車司機。
喜愛自由自在駕車的她，為了實踐理想在東京街頭全力奔馳。

在「計程車」這個獨特的空間內，人們可以卸下所有的身分，
車門一啟一闔，都是專屬於司機與乘客的一期一會，
交換著彼此的生命故事，家庭、職場、戀愛等所有煩惱都能在此傾訴——

同期的高材生同事姬野，是一名神祕的美男子，
竟然放棄知名企業的職位轉行開計程車？
前往北海道出差的商務人士柳下，留下一紙名片後曖昧離去，
司機能夠與乘客談戀愛嗎？
向女性乘客誠心傾吐夢想後，竟遭搭「霸王車」，
情緒低落不已的夏子該怎麼繼續堅持自己喜歡的事物呢？

一名小黃女運將的真情獨白，遇見城市角落中渺小動人的故事。
卯足全力打拚的夏子，今天依舊在地球表面全力奔馳！

各界齊聲應援

Kaoru｜「哈日劇」粉絲團版主
Linn｜旅日部落客、Podcaster
MIho｜旅日作家、「東京、不只是留學」版主
王國春｜《我只是個計程車司機》作者
宋尚緯｜作家

李瓊淑｜臺灣大車隊集團副董事長
明太子小姐｜旅日作家
陳俊文｜《華麗計程車》作者、
　　　　　　嘉義城市作家
龍貓大王通信｜影評人

沒有勇氣的一週

鄭恩淑／著　梁如幸／譯

不管理由和結果是什麼，霸凌是不公平的遊戲。
因為誰也不能主張一個人對多數人的爭鬥是對的。

「你知道嗎？聽說二年四班的朴勇氣被班上同學欺負，最後自殺未遂！」「所以哇啦哇啦版上的爆料是真的囉？」「他一直都在當許志勝和吳在烈那些人的麵包shuttle啊。」

麵包shuttle，其意為「麵包接駁車」，在韓國用來稱呼跑腿買麵包的人。被戲稱為「繼承人」的朴勇氣出了車禍，然而這並非是場單純的意外！是什麼原因讓勇氣不顧來車衝向斑馬線？位處教室中央的座位懸缺，班導師說了，三位霸凌者正是這起意外的真兇！其中兩位是誰，大家心中自有答案，但怎麼會有第三人？

曾經對不起勇氣的事情一一浮現眾人心中，難道第三位霸凌者正是自己？只有一週的時間可以自首，然而坦白就無罪了嗎？沒有勇氣的一週，空下的座位……勇氣不在後，下一個又會是誰？

推薦閱讀

國家圖書館出版品預行編目資料

花漾奶奶熟旅行：70歲還是要拉起行李箱！／金原姬
著;朴鎮榮繪;林季妤譯.－－初版一刷.－－臺北市：三
民，2022
面；　公分.－－（文學森林）
譯自：진짜 멋진 할머니가 되어버렸지 뭐야
ISBN 978-957-14-7415-1 （平裝）

862.6　　　　　　　　　　　　111002996

文學森林

花漾奶奶熟旅行——70歲還是要拉起行李箱！

作　　者	金原姬
繪　　者	朴鎮榮
譯　　者	林季妤
責任編輯	王姿云
美術編輯	陳子蓁

發 行 人	劉振強
出 版 者	三民書局股份有限公司
地　　址	臺北市復興北路 386 號 (復北門市) 臺北市重慶南路一段 61 號 (重南門市)
電　　話	(02)25006600
網　　址	三民網路書店 https://www.sanmin.com.tw

出版日期	初版一刷 2022 年 5 月
書籍編號	S859220
I S B N	978-957-14-7415-1

三民書局